お点前頂戴いたします

otemae
cho-dai

泡沫亭あやかし茶の湯

神田 夏生

第一話

狸と、ごめんねの一服

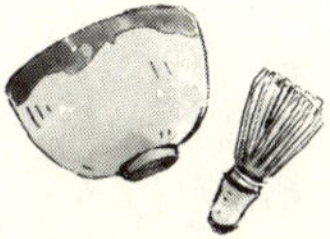

自慢じゃないが、お化け屋敷に入ったら三秒で叫《さけ》んで五秒で泣く。

俺、三軒和音《さんげんかずね》はそういう人間だ。けど、別におかしくないよな。

だってお化け屋敷は、人を驚かせ、怖がらせるためのものだろ。ならお化け屋敷に入ったら、大声で叫んで顔がぐしゃぐしゃになるほど泣くのが客としての礼儀ってもんだ。お化け屋敷に入って泣きも叫びもしないほうがおかしいし、礼儀知らずだと思う。

つまり俺は、空気を読んで礼節《れいせつ》を重んじているわけだ。だからけして怖がりなわけでも、男らしくないわけでもない。

「うわあああああ！　もうこんなところ嫌だああ！　出してくれえええ！」

たとえどんなに涙と鼻水で顔が汚れていようと、既に叫びすぎて喉《のど》がからからであろうと、俺は断じて情けない奴なんかじゃあない。

「あっははは！　三軒の奴、まーた情けない顔で泣いてんぞ」

「いくらなんでも怖がりすぎだろ～」

泣き叫ぶ俺と対照的に、大笑いする友人達。心の醜《みにく》い奴らめ。大体お化け屋敷で泣かずに笑うなんて礼儀に反してるだろ。そう、俺はお化け屋敷に入った客の礼儀として泣き叫んでるんだ。こいつらは少し俺を見習うべきで……。

「うらめしや～……」

「びゃあああああ!!」

「だからびびりすぎだって！」

「こんな作り物だってわかりきってるお化け屋敷で、よくそこまで怖がれるよな～」

　俺は礼儀正しいだけ、俺は礼儀正しいだけ、俺は礼儀正しいだけ。

　そう言い聞かせていないと心が折れそうだ。おかしい。なんで卒業を記念する、楽しいはずの行事で俺はこんな目に？

　そう、今日は卒業遠足の日。中学三年生、卒業を目前にし、最後に皆で楽しもう！という本来愉快《ゆかい》な学校行事。……だけど、場所が遊園地というのが、はっきり言って俺には地獄なわけで。

「こいつ、ジェットコースターでも白目《しろめ》剝《む》いて叫びまくってたよな」

「観覧車でもやばかった。高いところ怖いって、顔が土色《つちいろ》になっててさあ」

「あー、頂上付近で最高に笑えたよな。あのときのこいつの顔……思い出すだけで笑いが……っ」

「笑いすぎだ、ほまえら！」

　鼻水をすすりながら抗議するが、悲鳴を上げすぎて疲れ切った喉はもはや美しい発音というものを失っていた。

「悪かったって、三軒の顔芸が面白《おもしろ》すぎて、つい」

「ほら、リタイア者用の出口あるぞ」

友人に誘導され、震える足でなんとか出口——怖すぎてゴールまで到着できない、途中で脱落する人用の出口に辿《たど》り着く。

「う、うううう、怖かった……」

暗い屋敷内から青い空の下に出て、ほっとひと息。

——したのも束の間、どこからともなくジャジャン！　という謎《なぞ》の音が鳴り、心臓が口から飛び出そうになる。

「ひぃ！　今度はなんだ！」

「ただのスマホの着信音だって。おまえどんだけびびるんだよ」

「そういやさあ、前こいつと家で遊んでたんだけど、こいつ急にチャイムが鳴っただけでめっちゃ悲鳴上げてさー」

「ほんっと、三軒ってびびりだよなー！」

そこで笑われる意味がわからん。チャイムの音なんていう平常心破壊兵器、平気なほうがおかしい。なんの前触れもなく突然ピンポーン！　なんて凶悪《きょうあく》な音がしたら心臓が飛び跳《は》ねるだろ、普通。チャイムの音はもっと静かで心臓に優しいものにするべきだと思っている。俺は昔から、思いまくっている！

「傍《はた》から見てる分にはすっげえ面白いけどさ、でもおまえ、そんなんでこの先大丈《だいじょう》夫《ぶ》なわけ？　おまえの高校生活とか、心配だわ～」

「うるせえ、余計なお世話だ」

口ではそう言ったものの、そろそろ強がりも限界だ。

不本意だし、認めたくはないが、俺は少しのことですぐ動揺したり取り乱したりする。よく言えば繊細《せんさい》。悪く言うなら……いわゆる「びびり」な性格。

大きな音や声に弱いし、怖い話も大の苦手。特にお化けとか妖怪《ようかい》とかは本当に、勘《かん》弁《べん》してほしい。

自分でも、もう少しどうにかしたいとは思っている。もっと落ち着いていて、何事にも動じない男になりたい、と。

四月が来れば、俺も晴れて高校入学。高校生になれば何かが変わるんじゃないか、という期待と、どうせ何も変わらない、という諦《あきら》めがマーブル模様を描く。過度な期待はよくないと思いつつ、願わずにはいられない。

どうか高校では、今の自分から変われるきっかけがありますように、と——

そうして迎えた四月。俺は高校生になった。

入学して約二週間経ったが、特に変わったことはない。当然だ。中学生から高校生になったからって、劇的な変化やドラマチックな出会いなんてあるはずない。そんなものがあるのは漫画《まんが》やドラマの中だけで、平々凡々《へいへいぼんぼん》な現実を生きる俺は、教室の片隅《かたすみ》で平坦《へいたん》な日々を送るだけ。

――ああ、ただ、一つだけ、少し変わったことを挙げるなら。

中学では帰宅部《きたくぶ》だった俺だけど、高校に入って茶道部《さどうぶ》に入部した。

茶道の経験があるわけじゃないし、興味があったわけでもない。ただうちの高校は、校則で部活動が義務づけられていて、全員必ずなんらかの部に所属しないといけない。じゃあなんの部に入ろう、と考えてみて――まず高速で自分に向かってくるボールとか絶対に無理なので球技系の部活はなし。そもそも大声で怒鳴られたりするのが苦手なので体育会系の部活全般は遠慮したい。となると必然的に文化系の部活を選ぶことになる。なるべく静かで、活動日数の少ない部がいい。

そんな基準で選んで、最終的に決めたのが茶道部だったというだけの話。文芸部とも迷ったけど、そっちは見学したとき気難しく気が合わなそうな先輩がいたのでやめておいた。

うちの学校の茶道部は、月二回——第一と第三の金曜日にしか活動しないそうだ。その活動日の少なさがいい、と思った。他の一年生部員とはまだほぼ会ったことがないけど、同じ考えの奴も多いかもしれない。先輩から聞いた話によると、入部だけして顔を出さない部員は毎年多いんだとか。

なんにせよ、けして積極的な入部動機じゃなく、むしろ消去法で茶道部に辿り着いたわけで。そんなふうに情熱もなく入部したって、特別なことが起きるはずもなく。

俺はこの先も俺のまま。変わらないし、変われない。

——そう、思っていた。


「……ん」

瞼《まぶた》を上げる。俺は何をしていたんだっけか、とぼんやり周囲を見回すと、本棚《ほんだな》だらけの室内、暗くなった窓の外、六時過ぎを指す時計。

「わ……っ」

もうこんな時間か、と慌《あわ》てて椅子《いす》から立つ。どうやら俺は図書室で本を読んでいて、そのままうたた寝してしまったらしい。

図書室は好きだ。静かで、俺を怯《おび》えさせるものがない。だけどまさか寝てしまうとは。まだ高校生活に慣れてなくて疲れが溜《た》まっていたところで、落ち着いて本を読むことができ気が抜けてしまったんだろうか。なんにせよ、用もないんだし早く帰らないと。

「ん？」

帰り支度《じたく》をしている中、ふと気づく。スマホがない。おかしい。どこへいった？と考えて、はっと思い至《いた》る。

今日の昼休み、茶道部の集まりがあって茶室に行ったんだった。そこで先輩達と連絡先交換のためにスマホを使った。それは覚えている。だけどその後スマホを使った記憶はない。SNSでのやりとりとかゲームアプリとか、あまりするタイプではないし。だから今まで気づかなかったけれど、まさか茶室に置き忘れてきてしまったんだろうか。確証はないが、それ以外に心当たりもない。

困った。いくら俺がスマホを頻繁《ひんぱん》に使うタイプじゃないとはいえ、急な連絡とかがあったらいけないし、何よりもし誰《だれ》かに盗まれて悪用されたら、と考えると恐ろしい。

とりあえず見に行ってみよう、と俺は図書室を出た。

うちの学校――私立緑央《りょくおう》学園の敷地内、校舎裏手には、「泡沫亭《うたかたてい》」という建物が建っている。その中にあるのが茶室だ。

生徒への情操《じょうそう》教育の一環として建てられたというこの泡沫亭は、自然に囲まれた木造建築。和の趣《おもむき》溢《あふ》れる静謐《せいひつ》な空気は、まるで別の空間を切り取ってきたかのような――どこか別世界に迷い込んでしまったような、学校の敷地内ということを忘れそうになる雰囲気《ふんいき》がある。

それにしても慌てて来てしまったけど、中に入れるんだろうか。職員室に行って鍵《かぎ》を借りてこないと駄目《だめ》かもしれない。

だがここまで来て校舎内に戻るのも億劫《おっくう》だ。駄目でもともとという気持ちで泡沫亭の、格子《こうし》状《じょう》の戸に手をかける。運のいいことに鍵はかかっていなかった。玄関口で靴《くつ》を脱ぎ、上がる。

入るとすぐに和室があり、その奥が、電熱式の炉《ろ》が設けられている茶室だ。茶室は八畳《じょう》と四畳半の二部屋あって、人数などの関係で八畳のほうが特によく使われているらしい。他に台所と、水屋という、茶道具の準備をする場所なのだと先輩から説明を受けたところもあるが、今用があるのは、おそらくスマホを置き忘れたのだろう八畳の茶室のみ。

「……ん？」

茶室の襖《ふすま》は閉じられていたが、中に誰かがいる気配。鍵がかかっていなかったことといい、部員の人が使っているんだろうか。今日は活動日じゃないはずなのに。

「失礼します。すみません、俺今日の昼、忘れ物したみたいで……」

そう言って襖を開け。

俺は。

叫んだ。

「ひいぎゃあああああああああああ！」

「おっと、なんだい？」

そう言ったのは、茶道部の先輩ではなく、同級生でもないと一目でわかる何か。

長い。首が、非常に長い。極太《ごくぶと》のホースのような首がにょろにょろと動いている。

首の先には、女の顔。

これは、そう……ろくろ首だ。空想上の生き物でしかないはずの、ろくろ首が、なぜか今俺の目の前に。

ろくろ首だけじゃない。他にも人のようで人ではない「何か」が……。

「なんだなんだ、見ない顔だな。おれっちは提灯小僧《ちょうちんこぞう》の赤太郎《あかたろう》だ、よろしくな！」

「ひいやあああ！」

赤太郎と名乗ったのは、赤い顔をした和服の子供。彼が持つ提灯の周りには、まるで火の玉のような不思議な光が漂っている。

「ふむ、新顔《しんがお》さんか。あたしはろくろ首の六花《ろっか》だ、よろしくね」

「ぴぎゃあああああ！」

ろくろ首が、長い長い首を伸ばして、こちらに顔を近づけてくる。

理解の範囲を遥かに超えた目の前の光景に、俺は簡単にパニックに陥る。混乱と恐怖で逃げ出したかったが、腰が抜けて立てる状態じゃなかった。

「あっはは、あんた、なかなかいい悲鳴を上げるねえ。面白いからもっと鳴きなよ」

長い首は更に伸び、俺の体をぐるっと囲う。その上で、耳にふうっと冷たい息をかけられた。

「いいいいぎゃあああああ‼」

もはや体は電動歯ブラシのごとく震え、口からはそろそろ悲鳴ではなく泡《あわ》を吹きそうだ。

「六花、脅《おど》かしすぎ。この人間、もう、失神《しっしん》しそう」

ぽそぽそと区切りの多い喋《しゃべ》り方で、首の長い女を窘《たしな》めるように声をかけたのは、狸《たぬき》。

そう、狸だ。なんで狸が喋る？　それとも俺が知らないだけで狸は喋るものだったのか？　確かに俺は生の狸を見るのは生まれて初めてだし狸について熟知した狸マスターでもないけど、そんな馬鹿な！

「なっ、な、な、なん、なんだ、これ……！」

いくらお化け屋敷に入って三秒で叫ぶ俺でも、ちゃんと理解はしている。化け物なんて実在しない。

だから冷静に考えればこれは、特殊メイクか何かを使った、新入生へのドッキリだ。入学したてのひよっこをからかってやろうという、タチの悪い悪戯《いたずら》。だけど。

「顔、真っ青。大丈夫？」

「ああごめんなさい許してくださいなんでもしますから――――！」

狸に話しかけられ、また叫んでしまう。化け物なんているはずないとわかっていても、怖いものは怖い。恐怖とは理屈じゃない、感覚だ。現実を見ないように目を閉じ、ガクガクと震えている、と。

「なんでもするのか。じゃあ、お茶を飲んでもらおうか」

腰を抜かした俺に、まだ馴染《なじ》みはないけれど、唯一《ゆいいつ》聞き覚えはある声がかけられる。

「やあ。君は、新入部員の一年生だったね。名前はたしか、三軒和音、だっけ」

目を開き顔を上げれば立っていたのは、茶道部部長の二年生男子。

名前は、湯季千里《ゆきせんり》、といったはず。特徴をいえば、日本人だ。

いくらなんでも大雑把《おおざっぱ》すぎる説明だろうか。だが「日本人」というのが、この湯季先輩という人を表すのに一番しっくりくる言葉だと思う。

艶《つや》やかな黒髪、綺麗《きれい》な黒い目。もちろん、それだけなら日本中どこにでもいる。けれど湯季先輩のは質が違う。昼間に見たブレザー姿でも、内側から「和」の空気が滲《にじ》み出ていた。しゃんと伸びた背筋《せすじ》といい柔和《にゆうわ》な笑顔といい、もし彼が女性だったら「大和撫子《やまとなでしこ》」という表現がぴったりだろう。

そんな彼が、今は和服を着ているのだから、もはや完全としか言いようがない。制服姿のときは欠けていたピースが、きっちりはまったかのようだ。

「三軒？　大丈夫？」

「あ、その、え、あっと」

ようやく面識のある、ちゃんとした人に会えてひとまずほっとしたが、まだ全身が震えていて、まともに喋れない。

「ところで三軒、今日は部活の日じゃないのに、どうしてここに？　……ああもしかして、早く所作《しよさ》を覚えるために、一人で稽古《けいこ》をしようと？　感心だなあ」

湯季先輩はにこにこと的外《まとはず》れなことを言う。

ああ、でもよかった。こんな化け物に囲まれて悠長《ゆうちよう》に微笑んでいられるなんて、やっぱりこれは単なるドッキリなんだな。まあ、当たり前か。

そう考えたら、爆発寸前だった心臓もだんだん落ち着いてきた。

「ち、違います。別に、稽古しようとかじゃありません」

「そうなの？　じゃあなんでここに？　日が暮れた後、茶室に忍び込む癖《くせ》があるとか？」

「それも違います。そんな癖、あったらやばい奴じゃないですか」

「あはは。でも茶室って素敵な空間だろ。茶道部の部員達で稽古する昼の茶室。あやかし達が訪れて、ときに静かに、ときに賑《にぎ》やかにお茶を飲む夜の茶室。俺は、どちらも好きだな」

「……ん？」

「ん？」

　湯季先輩の言葉にひっかかるところがあって俺がぱちぱちと瞬きをすると、彼は「何か俺おかしなこと言った？」とばかりに笑顔のまま首を傾げた。

「あの……『あやかし』って？」

「もちろん、ここにいる皆のことだよ」

　今この場所に、俺と湯季先輩の他には、ろくろ首もどき、自称《じしょう》提灯小僧、喋る狸しかいない。

「あ、ああ、このドッキリ、そういう設定なんですか？　あやかしって、妖怪のことですよね。それに扮《ふん》して、新入生を脅かそうっていう趣向……なんですね？」

「あはは、三軒は面白いことを言うなあ。うちは茶道部であって、特殊メイク部でもドッキリ研究部でもないのに、そんなことするはずないじゃないか」

「だって現に、こうして周りに……化け物みたいな人達がいるじゃないですか」

「うーん、化け物、かあ。その言い方でも正しいのかもしれないけど、俺は『あやかし』と呼ぶほうが好きだな。何かこう……『化け物』より『あやかし』のほうが、柔らかい響きで、可愛《かわい》くないか？」

　にこにこ、にこにこ。凪《な》いだ海のような穏やかさで、ズレた言葉が返される。

「あ、あの、ともかく。俺は、ここには忘れ物を取りに来ただけなんです。そ、その、新入生を楽しませるために善意でやっているのかもしれませんが、こういうサプライズは心臓に悪いと思います。い、いえ別に、先輩方に文句があるわけじゃないですけど……」

「サプライズ？　ごめん、さっきから君が何を言っているのかわからないなあ」

「湯季。その人間、わたし達が、本物のあやかしじゃない……人間が仮装してると、思ってる」

やっと助言が入ったが、それを言ったのが狸だったので、ビクッとしてしまう。化け物なんているはずない……が、特殊メイクにしたって明らかに背丈《せたけ》が小さく人間のものじゃないし、玩具《おもちゃ》にしてはできすぎている。一体、この狸はなんなんだ？

「あはは。三軒、君にはこの子達が、人間に見えるの？」

「み……見えないですけど。でも人間じゃなかったら、なんだっていうんですか」

「だから、この子達は、あやかしだよ。そして」

湯季先輩は、笑う。いや、最初から今までずっと彼は笑顔のままだったけれど、その中でも一際、桜が舞うような笑顔で。

「俺の、大事なお客様達だ」

「………………」

何言ってんだ、この人？

あまりの会話の嚙《か》み合わなさに、口が半開きになる。俺とこの人は、同じ日本語のようでいて、実はまったく違う国の言語で喋っているんじゃないだろうか。真剣にそう疑うほど、言葉が通じない。

「これも何かの縁《えん》だよ、三軒。君もお茶を飲んでいきなよ」

「いやいや、その前にこれはどういう状況《じょうきょう》なのか、ちゃんと説明してくださいよ」

「まあまあ。とにかくお茶を飲んでいくといい」

「いいかげんにしてください。何もわけがわからないのに、呑気《のんき》にお茶なんか飲めませんって――」

すうっ、と。冷房をつけたわけでもないのに空気が冷える。

湯季先輩は、それまで柔和に細めていた目をすっと開き、俺を見る。

「――俺の茶が、飲めないって？」

その眼光は、まるでこちらを射る氷の矢。

黒曜石《こくようせき》のような瞳《ひとみ》の中に、ギラリとした、刃《やいば》のような威圧感が潜んでいる――いや。潜んでない。全然、潜められていない。目からだけと言わず、全身から、殺気にすら似た空気が静かに溢れ出ている。冷え冷えとした迫力で、背筋が凍りつく。

「飲ませていただきます」

「よし」

冷たい空気は何事もなかったかのように消え、湯季先輩は元の笑顔に戻っていた。俺の心臓だけが、恐怖でバクバクと、また爆発寸前になっている。

こ、怖かった。なんなんだ今のは。大声で怒鳴られるよりもよほど恐ろしい、静かな凄み。口から魂が抜け出るかと思った。

「ちょうど、お菓子も余分にあるからね。まあ寛《くつろ》いでいきなよ」

結局、俺は湯季先輩に言われるがまま、この奇怪すぎる面子の中でお茶を飲む流れになってしまったようだ。

「あ、あの、でも俺、作法とかまだ全然わかりませんよ？」

見学のとき、別の先輩に一度お茶を点《た》ててもらって、ほんの少し客の所作というものを教えてもらっただけだ。

「正式な茶会ではないし、そんなに構えなくて大丈夫だよ。わからないところは教えるし、周りを見ながら参加してくれればいいさ」

周りと言われても、今ここにいるのは化け物にしか見えない人達だけだ。仮装……なんだとしても、首がにょろにょろした女や喋る狸なんて、不気味《ぶきみ》で見ていたくない。

「それにね、三軒。作法は確かに大切だ。けしてないがしろにしてはいけない。けど」

「けど？」

「一番大切なのは、心なんだよ」

にっこり、と。一際空気が華やぐような笑顔を見せる湯季先輩。この人笑顔のバリエーション多いな。

「はあ……そうですか……」

しかしそんなふうに微笑まれても、巻き込まれ感が半端じゃない俺にとっては、申し訳ないが響かない。正直なところ「この人大丈夫なのか？」という感想しか出てこなかった。

そんな俺の内心も知らず、湯季先輩は畳《たたみ》の上に用意されていた、和菓子の乗った器を持って一旦茶室を出る。すぐに、俺のためであろう追加分を乗せて来て、また畳に……最も床の間に近い位置にいる、ろくろ首の前に置く。

「さあ、三軒。皆と座って待っていて」

「は、はあ……」

湯季先輩は退室し、襖を閉める。

「ん。隣、座って」

狸に勧められ、俺は正座《せいざ》する。脳は相変わらず現状把握ができておらず煙を吹きそうだ。早く帰りてえ、とそわそわしていると。

ゆっくりと、襖が開けられる。

湯季先輩だ。彼は襖の外に正座しており、そのまま深く頭を下げた。周囲の化け物もどきの人達も合わせて礼をしたので、慌てて俺も同じようにする。そして湯季先輩は道具——茶道経験のまったくない俺には名称のわからない、蓋《ふた》のついた陶磁器を室内に運ぶ。

ただ道具を持って歩いているだけだ。……それなのに、息を呑んでしまった。

これぞ正しい見本、と本にでも載せられそうな、美しい姿勢。歩くというのはこんなにも優雅な行為だったのかと、目を見開かずにはいられない足運び。

そのまま彼は、他にも茶碗《ちゃわん》と小さな容器、柄杓《ひしゃく》を乗せた器などを丁寧《ていねい》に運んだ。畳に正座し、柄杓を手にする。

それらの動作が、全て美しい。特別なことをしているわけではないのに、惹《ひ》きつけられてしまう。

部活見学のときに見た、別の先輩のものと違う。そのときの先輩が雑だったというわけじゃないはずなのに。それでも俺は、あのときは何も思わなかったのに、今は確かに、心が震えるのを感じていた。

派手な動きはない。激しいスポーツの目を瞠《みは》る展開や、ダンスや演劇などのくるくる変わる華やかな展開など、何も。

けれど先輩の所作一つ一つに、俺は目を奪われる。彼を中心にして、静謐な空気がひろがってゆくようだ。普段の日常から、今この瞬間だけ切り離されたかのような。時の流れが緩《ゆる》やかになり、日頃なんとなく常に抱いている、得体《えたい》の知れない焦燥《しょうそう》や憂鬱《ゆううつ》さといったものが消えてゆく。

悠然《ゆうぜん》と、しかし淀《よど》みなく先輩は布のようなもので道具を拭《ふ》いてゆき、それらが終わると釜《かま》の蓋を開けた。ほわりと、白い湯気が立ち上る。それを見ているだけで、心も体も、ほっと温まる心地だ。

釜から柄杓で湯が汲まれ、茶碗に注がれる。湯季先輩はあの、茶道の定番である竹製の泡立て器みたいなやつを湯に入れ、持ち上げて先のほうを見た後、シャカシャカと動かす。あれ？　お茶を入れなくていいんだろうか。この後入れるのか？　いやでも、そういえば別の先輩もこうしていたような気もする。

疑問に思って見ていると、その湯はそのまま、別の器に捨てられてしまった。湯季先輩は小さいふきんみたいなもので茶碗を拭くと、たしか茶を掬《すく》うために使う、竹の道具を取り……。

「お菓子をどうぞ」

そこで、湯季先輩はそう言った。

化け物もどきの皆様は、お互い礼をし合いながら、紙の上にお菓子を取ってゆく。

はっと我に返る。忘れかけていたが、俺は今、ものすごく異常な状況下にいるんだよな。

あらためて化け物もどきの面々を見る。そして、やはりおかしいと確信する。誰も彼も、特殊メイクにしたってリアルすぎる。首が伸びるのだっておかしい。何より、新入生一人脅かすのに、ここまで手の込んだことをするか？

……もし、もしも。もしも本当に、こいつらが「本物」なんだとしたら――？

「……人間？」

「ひ……っ⁉」

隣に座っていた狸が、顔を覗《のぞ》き込んでくる。

「人間、やっぱりまだ、顔、青い。大丈夫？」

至近距離で目が合い、途端にまたパニックが襲ってくる。狸。目の前に狸がいる。しかも喋っている。玩具には見えない。人間でもない。得体が知れない。正体がわからない。何をされるかわからない。警戒心と防衛本能が、全身で目の前の「何か」を拒絶する。

「……駄目だ、やっぱり怖い！」

とうとう耐えられなくなり、俺は立ち上がる。その、瞬間。

「あ……」

狸は傷ついた顔をした——ように見えた。

だが、そんなこと気にしている余裕など、今の俺には皆無で。

「お、俺、やっぱり帰ります！　それじゃ！」

飛び出すように泡沫亭を背にし、校門まで全力疾走《しっそう》した。


「怖かった怖かった怖かった、怖かった怖かったぁぁぁ！」

涙目で、息を切らしながら、溜まりに溜まった不安や恐怖を吐《は》き出すように連呼しつつ走る。心臓がバクバクと破れそうなのは、全力疾走のせいだけじゃない。

さっきのは本当に、一体なんだったんだ。化け物だなんて信じたくない。だけどドッキリにしてはあまりにも皆精巧《せいこう》だったし、湯季先輩の言動もおかしかった。

万が一あれらが本物なんだとしたら。嫌だ。怖すぎる。妖怪なんて変な術や呪《のろ》いを使うかもしれないし、人間を餌《えさ》にするかもしれない。おとなしそうに見えたって、本性なんてわからないんだから。

未知というのは、それだけで恐怖だ。「何」かわからないからこそ、余計に恐怖が煽《あお》られ、落ち着かない。ああもう二度と関わりたくない、あんな——

最後に見た狸の顔が、ふっと脳裏を過《よぎ》る。

狸の顔だっていうのに、はっきりとわかるほど、つぶらな瞳に悲しみの色が浮かんでいた。

俺が、傷つけてしまったんだろうか。

怖い、なんて目の前で言ってしまったから。

破裂しそうな心臓とは別の意味で、胸が痛む。が、ぶんぶんと首を横に振って考えを散らす。

罪悪感なんて抱く必要はないはずだ。あの狸が化け物だとしたら二度と関わりたくないし関わらない。特殊メイクか何かを施《ほどこ》した茶道部員なんだとしたら、仮にも上級生に失礼なことを言ってしまったことにヒヤッとはするが、新入生にあんなドッキリを仕掛けるのは、いくらなんでもタチが悪い。

だから、俺は悪くない、はず。そう自分に言い聞かせる。

それでも、どうしても心の靄《もや》が晴れてくれないのは、なぜだろう。


「三軒」

「ひぃぃ！」

翌日、教室にて。「突然後ろから肩を叩かれる」という凶悪行為により、俺は今日も悲鳴を上げていた。

「急に背後からはやめろよ、びっくりするだろ。声をかけるなら、正面からそっとにしてくれ」

「いや驚きすぎだろ……三軒、おまえ本当にびびりだな」

入学して約二週間だが、仲良くなったクラスメイトには既に呆《あき》れられている。そんなこと言われても、こっちだって好きでびびっているわけじゃないんだから仕方がない。

「それより、おまえに客が来てるぜ」

「え？　……あ」

言われて扉のほうへ目を向けると、湯季先輩が立っていた。

昨日の夕方と違い、和服ではなく制服姿。けど不思議なことに、服装がどうであれ、ああ日本人だなという空気は変わらない。極端な話、湯季先輩なら着ぐるみやピエロの衣装を着ていたって日本人の雰囲気を漂わせてしまうんじゃないだろうか。そのくらい、彼からは「和」の感じがする。

昨日のことを思い出すともうあまり関わりたくないけれど、上級生に呼ばれて無視するわけにもいかない。警戒心を最大レベルまで引き上げ、意味もなく忍び足で彼のもとへ向かう。

「やあ、三軒」

「な、なんの用ですか」

「忘れ物を届けに来たんだ」

湯季先輩は昨日のことなどなかったかのような笑顔で、俺の手に何かを握《にぎ》らせる。

「君が昨日言っていた忘れ物って、これだろ？」

「あ……」

渡されたのは、確かに俺のスマホだ。そういえば、俺は昨日これを取りに泡沫亭に行ったんだった。謎の化け物達のインパクトが強すぎて、すっかり忘れてしまっていた。

「あ……ありがとうございます」

「今度から気をつけたほうがいいよ。勝手に使われたりしたら大変だからね」

「はい……い、いや、それよりも」

「何？」

「昨日のは、結局なんだったんですか」

「ああ。泡沫亭は、あやかしの世と繋がっているんだ。そして茶道部員は、あやかしを見ることができるんだよ」

笑顔で、至極《しごく》さらっと言われた。「ああ、信号って青になったら進んでいいんだよ」くらいのノリで。

いやいや。そんな平坦なテンションで話すような事実じゃないだろ、絶対。それとも、やっぱりからかわれているだけなのか。

「もっとも、それを知っているのは、今の部員では俺だけなんだけどね。あはは」

「あ、あの、そろそろ冗談はやめてくださいって。妖怪なんて、実在するはずないじゃないですか」

「俺はあの子達に茶の湯について教えたり、お茶を点てたりしているんだ」

「あの狸、すごくよくできていましたけど。どんな仕掛けがあったんですか？」

「もっとも、俺もまだまだ未熟者だから、他者に教えるとか、お茶をふるまうとか、恐れ多いことなんだけどね。もっと精進《しょうじん》しないと」

会話というのは、同じ言語を使用するだけじゃ成り立たない非常に高等なコミュニケーションだったんだなと、俺は今痛感している。

「……じゃ、じゃあ、百歩譲《ゆず》って、あれらが本当に妖怪なんだとしましょう。それにしたって、おかしいでしょう」

「おかしい？　何が？」

「湯季先輩は、なんで怖いと思わないんですか。妖怪ですよ？　非常識で、不気味な存在でしょう？　それを怖がらないどころか、わざわざお茶でもてなすって、ありえないでしょう。なんでそんなことをするんですか」

「あはは」

俺の、心の底からの疑問に、湯季先輩は優雅に笑って答える。

「通じ合いたいと、願うからさ」

「…………」

駄目だ、まったく意味がわからない。この先輩はおかしい。すさまじい変人だ。

「三軒」

「ひっ」

すさまじい変人だとか考えていたところで名前を呼ばれ、内心を見透かされたか、怒られるかとビクッとしてしまった。

「今はまだ、入部しているといっても、本入部じゃなく仮入部の期間だ。もし嫌なら、部を辞めても構わない」

「あ……はあ……」

「けどもし、気が向いたらまた、お茶を飲みに来てほしい」

そう言って、湯季先輩は俺の手に何か握らせる。さっきはスマホだったが、今度は違う……紙の感触。目で確認すると、白い封筒《ふうとう》だった。

「これは……？」

「昨日のあやかしからだ」

「ぴぃ!?」

油断していたところで不意打ちのように言われ、変な声が出た。

妖怪なんているはずないが、またタチの悪い仕掛けがあるようなものなら、受け取りたくない。俺は得体の知れないものが苦手だ。

「い、いりません。お返しします」

「遠慮しなくていいよ。受け取っておけ」

「遠慮とかじゃなくて本気でいらないんで」

「あはは、いいから受け取っておけって」

「い、嫌ですってば、なんだかよくわからなくて、気持ち悪いし──」

ズガンッと、破壊音にも似た衝撃音が鼓膜《こまく》を揺らす。

俺の背後の壁に、強烈な蹴《け》りが入れられたのだ。

「ああ、ごめん。蚊《か》がいたみたいだったから」

にっこりと穏やかに微笑むのは、なんの罪のない壁に、茶道部員ではなくキックボクシング部員なんじゃと疑いたくなるほど見事な蹴りを入れた張本人《ちょうほんにん》、湯季先輩。

まだ夏でもなんでもないこの四月に蚊なんていないだろう。脅しだ。これは、完全に、脅迫だ。

「で、これ受け取ってくれるよね？」

「はい」

ブルブルと生まれたての仔鹿《こじか》のように震えた俺は、気づけば封筒を受け取ってしまっていた。仕方ない。今ここにいない化け物より、目の前の先輩が恐ろしい。

「それじゃ、三軒。機会があったら、また。俺はいつでも泡沫亭で待っているよ」

顔だけは最後までにこやかなまま、湯季先輩は去ってゆく。

俺はといえば、時間差でさっきの蹴りの恐怖が全身をかけ巡《めぐ》り、腰が抜けぺたんとその場に膝をついた。


白い封筒を、中身を透かし見るように天井の照明にかざす。

が、案外封筒が厚いのか、ひらひらと揺らしてみてもよくわからない。

「う～ん……」

帰宅後。俺は自室のベッド上で、湯季先輩から受け取らされた封筒と睨《にら》めっこをし唸《うな》っていた。開封するのが怖くて、中身はまだ確認できていない。

受け取ってから帰宅するまで何度も、捨ててしまおうと思った。だが相手がどんな変人であろうと、仮にも上級生から渡されたものを捨てるのは抵抗があったし（捨てたと知られたら後で何か言われるかもしれないし）、それに、もしあれらが本当に化け物だった場合、捨てたら呪われそうで怖い。

……ああ、うん。不本意だが、認めてしまおう。

俺はそろそろ、昨日見たものは「本物」だったんじゃないかと思い始めている。

だって、ただのドッキリであれば、俺が悲鳴を上げた時点でネタばらしをしていいはずだ。なのに湯季先輩は、一貫してあれらは本物だという態度を崩さない。

それにあれらは、認めたくなかったけれど、特殊メイクや玩具と言うにはあまりに生々しくて——確かな意識を持ち、そこに「在る」者なんだと、空気から、伝わってきた。

「……受け入れざるをえない、か……？」

きっと、あれは本物で。

だとしたら、あの狸の傷ついた顔も、きっと本物で——って、いやいや。そんなこと考えても、意味ない、はず。

ともかく、目下の問題は手の中の封筒のことだ。

「ええい、もうどうにでもなれ！」

開けるのは怖かったが、中身がなんだかわからないままでいるのはもっと怖かった。

封筒の口を破り、逆さに振って中身を出す。

「わ……」

出てきたのは、ごく小さな、名前のわからない白い花。そして二つ折りの紙だ。もっとおどろおどろしい呪いの札とかを想像していたので、まずは案外不穏さがないところにほっとする。

とはいえ、まだ安心はできない。油断させておいて罠《わな》が仕掛けられている可能性もある。警戒しつつ、そっと花に触れ――

「!?」

俺の指が花に触れた、瞬間。花の輪郭《りんかく》がぼやけるように、淡い光の粒となって立ち上ってゆく。

明らかな怪奇《かいき》現象。何が起きるのか予測不能。一瞬の判断が全てを左右するかもしれない。そんな状況下で、俺は咄嗟《とっさ》に。

「ああああ、助けてぇぇぇぇ!!」

全力で、泣き叫んでいた。

仕方ない。こんな非常識な事態で、冷静に対処できる十五才のほうが少ない、と思いたい。

いずれにせよ、両親が夜遅くまで帰ってこない家の中で、叫んだところで助けてくれる人なんているはずなく。俺の絶叫は、喉を無駄に痛めつけただけで虚《むな》しく消えてゆき。

パニックで真っ白になった頭に、何かが流れ込んでくる。

厚紙の上に、薄く柔らかな紙を一枚、重ねられるような。俺の意識の上に、誰かの意識が——記憶が、重なり触れる。

微睡《まどろみ》にも似た、心地のいい頭の重み。半強制的なそれに抗う術《すべ》がなく、そのまま身を委《ゆだ》ねるように、自分の意識を手放した。


気がつくと、俺は泡沫亭の茶室にいた。……いや。

俺は、茶室に「いる」わけじゃない。直感的にそれを理解する。

ふわふわと宙《ちゅう》を漂うような、自分の実体がないような不可思議な感覚。言語化が難しいが、夢の中にいるよう、というのが近いだろうか。

俺は、現実ではないどこかで、実体がないままぼんやり茶室を眺めている。そんな感覚だ。

現状はまったく理解できなかったが、夢の中（のようなもの）だからか、あまり恐怖心はなかった。軽い催眠状態のような、思考を溶かす温もりに包まれている。

そのままぼけっとしていると、室内に、突然ぶわっと何かが浮かび上がった。漫画でよく見る、魔法陣《まほうじん》……の和風版みたいなもの。

円形で、いろいろと複雑な模様があるところは西洋ファンタジー風の魔法陣と同じだ。だが中身は、筆で力強く描いたような、漢字に似た不思議な文字。ドラゴンや悪魔よりも、鬼や妖怪が出てきそうな雰囲気が漂っている。

叫びそうになったものの、声が出なかった。どうやらこの夢（？）の中で俺は、あくまで透明な傍観者《ぼうかんしゃ》であり、声を出すなど目の前の世界に干渉することはできないようだ。

やがて魔法陣もどきの中心部から、ぴょこんと何かが飛び出した。狸だ。

「……ふむ。これが、人間の世界」

声からして、どうやら昨日と同一人物……ならぬ同一狸のようだ。魔法陣もどきを消すと、つぶらな瞳をキラキラと輝かせ、きょろきょろと室内を見て回ったり、ふんふんと匂《にお》いを嗅《か》いだりする。

しばらく泡沫亭の中を観察し満喫した後、狸は玄関に向かった。ぴょんと跳ねて器用に鍵を開ける。そして外に出るべく、玄関の戸を開けようとし――

「……っ！」

バチン、と派手な音、そして閃光《せんこう》。声にならない俺の絶叫。狸が玄関の戸を開けようとした瞬間、見えない何かがそれを拒むかのように、狸の前足が弾かれたのだ。

「む。本当だ、外、出られない。噂《うわさ》通り」

狸は痛そうにしつつも、納得したようにうんうんと頷《うなず》く。一応玄関以外にも縁側などから出られないか試して、同じように駄目だったことで、外に出るのは諦めたようだ。茶室に戻って襖を閉める。

「人間、いない、か……」

声に、僅《わず》かだが落胆《らくたん》の色が滲む。狸はしばらくそのまま無言で俯《うつむ》いていたが、やがてぴょんと高く飛び跳ね、宙でくるりと回った。

刹那《せつな》、どろんと爆《は》ぜるような音とともに、大きな煙が生まれる。

もくもくとその煙が晴れると、さっきの狸の姿はなく、俺と同い年くらいの、和服を着た少女が現れた。

「ふふ。人間の、真似」

狸が人に化けるという怪奇現象も、これは夢これは夢と自分に言い聞かせれば、まあ口から心臓が出そうになる程度ですんだ。現実だったら卒倒していた。

それに怪奇現象とはいえ、狸が変化した姿は、認めたくなくとも認めざるをえないほど、可愛かった。

触り心地がよさそうな栗色《くりいろ》のショートヘア。形のいい輪郭の中に、黒目がちな瞳、小さな鼻、桜色の唇《くちびる》が収まっている。和服を纏《まと》ったしなやかな肢体《したい》といい、一瞬前までころころした狸だったなんて信じられない。

「やっぱり、人型、手足、長い。面白い」

狸娘はそのまま、変化した姿を楽しむように、くるくると回る。表情の変化こそ大きくないものの、はしゃいでいるのだと見ていて伝わってくる。

そんな中。外から、襖が開けられた。

「え」

「……え？」

襖を開けたのは、うちの学校の制服を着た、一人の生徒。切り揃《そろ》えられた長い黒髪が美しい、清楚《せいそ》系《けい》の女子だ。

さっきの狸の独り言からすると、妖怪は泡沫亭の外に出ることができないようなので、この女子は人間なんだろう。狸娘を見て、不思議そうにぱちぱちと瞬きをする。

「あの……失礼ですが、どちら様？　うちの部員では、ないですよね」

女子は当然の疑問を口にし、首を傾げる。狸娘は、突然人間と会って驚いたようで硬直している。

「……えと。わたしは、その、えと……」

狸娘は必死に、何を言えばいいか考えているようだ。口を開けたり閉じたり、ぱたぱたと小さく手を動かしたりする。その頼りないあたふたっぷりは、いつの間にか見ているこっちまで「頑張《がんば》れ！」と応援したくなってしまうほどだった。

「あの、そう……！」

やがて、狸娘は、ぐっと拳《こぶし》を握りしめ。

「わたし、おいしいもの、大好き」

……目を輝かせて、そう言った。

「………………」

まさかこれは、妖怪基準では、うまく喋れたつもりなのか？　駄目だ、俺のほうが頭を抱えたくなってしまう。

「え……ええと……？」

女子生徒もきょとんとしている。茶室に見知らぬ和服姿の女がいて、突然こんなことを言い出したら、そりゃ混乱するよな。

「む、や、その。ここには、とてもおいしいものがある、そう聞いた。だから、興味があって……」

女子生徒の反応を受けて、狸娘は自分でも今の発言はおかしいと気づいたようだ。慌てて弁解する。

「つまり……入部希望の方ですか？」

「え？　……ああ、そうか、ブカツ、だっけ……？」

「はい？」

「なんでもない。その、わたしは、ニューブというのは、できない。だけど、おいしいもの、どうしても、味わってみたい」

たどたどしく言葉を連ねる狸娘。不安そうに、ちらりと女子の様子を窺《うかが》う。

「駄、目……？」

「……ふふ、いいわよ。お茶、飲んでいく？」

「え。……いいの？」

「だって、『おいしいもの、大好き』ってあんなに目をキラキラさせられたら、おもてなししてあげたくなっちゃう。それに、お茶を飲むために、わざわざ和服まで着てきてくれたんでしょう？　すごい気合の入れ方じゃない。なら、私も茶道部の一員として、それに応《こた》えなきゃ」

クスクスと小刻みに笑う女子は、目の前の相手が人間ではないなんて、まったく思っていないようだ。……まあ、普通は相手が妖怪だなんて、疑いもしないのが当然か。

彼女にとってこの狸娘は、「ちょっと変わってるけど、悪い子ではなさそう」程度の認識なんだろう。だからこそ、笑顔で話をしていられる。

「私、琴子《ことこ》っていうの。あなたのお名前は？」

「わたし、玖狸《くり》……」

「そう、よろしくね、玖狸。お茶の準備をするから、ちょっと待っていてくれる？お干菓子《ひがし》もあったはずだから、持ってくるわ」

「あ、ありがとう……！」

琴子さんはすぐに準備を整え、狸娘……玖狸に、お菓子を出し、お茶を点ててくれた。

玖狸は先にお菓子を食べた後、茶碗に入ったお茶を、まるでそれが液状の宝石であるかのように、瞳を輝かせ、眺める。

宝物を捧げ持つようにそうっと茶碗を掲げ、ごくんと一口。

「おいしい……！」

「そう。よかった」

「それに、すごく……あったかい」

頬を紅潮《こうちょう》させ、心から嬉《うれ》しそうにお茶を飲む玖狸。琴子さんは、まるで幼い妹を見つめる姉のような優しい視線で、彼女を眺めていた。

「ああ、なくなった……」

最後の一滴まで残さずお茶を飲み干した玖狸は、空になった茶碗を見つめ、しゅんと眉《まゆ》を下げる。そのあまりに残念そうな、この世の終わりのような顔に、琴子さんはふっと小さく噴き出した。

「ねえ。もしよかったら、また会わない？　また、お茶をご馳走《ちそう》するわ」

「え……いいの？」

ぱあぁと、玖狸の顔に光が満ちる。

「ええ。……私、家にいるの、好きじゃないんだ。でも、だからといって行く場所とかもなくて、いつも一人でふらふらしてるから。誰かと一緒にいられると、嬉しいの」

家にいるのが好きじゃないと言ったとき、一瞬だが彼女の表情に憂《うれ》いのようなものが見えた。具体的に口には出さなかったものの、家庭環境がよくないのかもしれない。

「今日も、部活でもないのに、ふらっとここに来ちゃって。でも、どうせ中には入れないだろうと思っていたんだけど……鍵が開いていたからびっくりしちゃった。玖狸が開けたの、よね？」

玖狸はドキッと表情を強張《こわば》らせたが、咄嗟に誤魔化《ごまか》す。

「……ん。その、わたし……こ、ここの偉《えら》い人と、知り合い。鍵、自由に使える」

「そうなんだ、すごい。じゃあ、またここで会えるわね」

「ん。琴子、家、好きじゃないなら、わたしと一緒にいればいい」

ごく真面目《まじめ》な表情で、かつとても自然なことのように、玖狸は言った。

「わたし、琴子、好きだから」

琴子さんは、本日何回目となるだろうか、驚いたようにぱちぱちと瞬きをする。

そして、クスクスと肩を揺らした。

「あなた、本当に変わってるわね」

「そう？」

「ええ。そんなにまっすぐな言葉、照れもせず、真面目な顔で言って……。もう、聞いてるこっちがくすぐったいじゃない」

「だって、わたし、琴子優しいって思った。琴子と仲良くなりたい。駄目？」

「駄目なわけないでしょう」

クスクス、クスクス。琴子さんはしばらく小刻みに笑い――やがて、はにかんで言った。

「……ありがとう。また、絶対に会いましょうね」

それから何度も、二人（一人と一匹？）は泡沫亭で会っていた。俺はそれを、この夢か幻の中でずっと見ていた。

俺は目の前の光景に何も干渉することはできないけど、不思議と退屈《たいくつ》だとは感じなかった。二人はいつもすごく楽しそうで、見ているだけでも幸せな気分になれたからかもしれない。

二人が会うのは、部活のない日、琴子さんの授業が終わった時間。玖狸は泡沫亭の鍵を外して彼女を待つ。琴子さんはいつも、玖狸にお茶を点てた。

他には特に何をするわけでもなく。ただ一緒にいて、お喋りをして。玖狸のズレた発言はいちいち琴子さんの笑いのツボに入るようで、毎回彼女は「おなか痛い」と言うまで、笑って。

玖狸がズレているのは、彼女が人ではないからだと、琴子さんはずっと知らないまま。

「そうだ。ねえ、聞いてよ玖狸。最近、泡沫亭の中がおかしいことが、よくあるの」

「おかしい？」

「そう。水屋の道具の並び順がバラバラになっていたり、襖が全部開けっ放しになっていたりするのよ。なんだか不気味よね」

「わ、わたしじゃ、ない」

「やあね、わかっているわよ。玖狸はそんなことしないわ。でも、誰の仕業なのかしら」

「それは……。……もしかして、あやかし、かも……」

「え？」

「あやかし。妖怪、のこと。せっかく来ても、ここから、出られなくて、誰もいなくて、つまんなくて、悪戯しちゃった、のかも……」

「ふふ、何言ってるの。玖狸は本当に、変わったことばかり言うわね。妖怪なんて、いるはずないじゃない」

琴子さんは人間として、ごく普通のことを言っただけだ。

同じ人間である俺からしたら、何も悪くないと思う。

だが玖狸のほうからしたら、どうだろう。

妖怪の気持ちなんて俺には想像もつかない。けれど玖狸にとって今の発言は、彼女を否定する、刃のようなものだったのかもしれない。これまでは正体を隠していたのに、今になって「あやかし」という言葉を出したのだって、きっと彼女を信じて打ち明けようとしたのかもしれないし。

けれど、琴子さんの悪意なんて何もない言葉が、彼女の存在を、揺るがした。

「琴子は」

「ん？」

「あやかし、嫌？」

琴子さんは笑っている。クスクス、クスクスと。無邪気に自分の目の前の存在を「冗談」にしてしまう。

「だから、そんなの、いるはずないでしょう？」

玖狸の全身の輪郭が、ぶわりと揺れた。

まるで、心の動揺が体にも影響したように。

脆《もろ》い粘土で作り上げた人形から、ぽろぽろと、渇いた土が崩れ落ちてゆくように。

彼女は、今の形を保っていられなくなる。

「玖狸……？」

琴子さんの顔から、笑みは消えていた。

今、彼女は、驚愕《きょうがく》に目を見開き玖狸を見ている。

「……何、それ？」

——崩れてゆく。今の彼女が。

変化の術が、少しずつ解けていっている。精神の乱れが術に影響したように、人間だった玖狸の体に、草が芽吹くように獣《けもの》の毛が生え、すらりとした肢体は短く。後ろに尻尾《しっぽ》が揺れ、頭からは狸の耳。

「え……、え」

琴子さんは硬直していた。何が起きているかわからず、目に恐怖の色がひろがってゆく。「未知」はそれだけで恐れになる。知れば本当は怖くないものでも、知らなければ、ただ拒絶の対象でしかないから。

「……や」

だから彼女は咄嗟に、玖狸と距離をとった。

「嫌、怖い！」

突き放すように、ただ一言。そのまま彼女は走り去る。泡沫亭から出られない玖狸は、追うこともできず立ちつくす。

視界が揺れる。歪《ゆが》む。霞《かす》む。……ああ夢が終わる、と直感的にわかった。

ぼやけてゆく世界と俺の意識。全ての境界線が曖昧《あいまい》になるように、俺と玖狸の思考も境界を失い、彼女の想いが、俺へ流れ込んでくる。

――琴子、怖がらせて、ごめん――

――でも、悪さするつもりじゃ、なかったの。

――ただ、一緒にいたかった。

――あなたの点ててくれる、温かいお茶が、好きだった。

――あなたとお喋りするのが、好きだった。

――本当はもっと、一緒にいたかった。

――ずっと、笑っていてほしかった。

――だけど、もう全部おしまい。

――ああ。寂しいわ。

――寂しい、寂しい、寂しい。

――わたしは、わたしでいるだけなのに。

――人を怖がらせてしまうのが、寂しい――

瞼を開けると、水滴が目尻《めじり》から顎《あご》へと流れ透明な線を描いた。

周囲は茶室ではなく、見慣れた自分の部屋。意識が現実に戻ってきたようだ。

今のは、あの狸——玖狸の、過去の記憶？

ただの幻だとはとても思えない、あの空気。お茶の匂い、温かな湯気、何より俺の知らない少女二人の、お喋りの声と笑顔。どれもこれも「本物」としての存在感があった。

あれはきっと過去、現実として確かにあった出来事だ。妖怪の術なのかなんなのかは謎だが、俺はそれを夢か幻として傍観した。

手を動かすと、カサ、と何かが触れる。花と一緒に封筒に入っていた二つ折りの紙だ。開いてみる。


「こわがらせて　ごめんね」


書かれていたのは、たった十文字の下手《へた》な字。

字なんて全然書けないのに、一生懸命伝えようとしてくれたんだろう、とよくわかる十文字。

——もし。

もしあの子が「化け物」なんかじゃない、ただ普通の「玖狸」という、確かに存在する相手で。

俺と同じように、普通に笑ったり傷ついたり、心のある相手だというなら。

俺は、なんてことを。

「——っ」

火が出そうなほど、顔が熱くなる。情けなく馬鹿な自分への恥ずかしさで。

あの子は俺に「大丈夫？」と声をかけてくれたんじゃないか。怖がってぎゃーぎゃー喚《わめ》いていた俺なんかを心配して、気遣《きづか》ってくれて。何も悪いことをしていないのに、こうして手紙をくれて。

あやかしだろうが、拒絶されれば、きっと悲しいのに。

「……っ」

俺は駆《か》け出す。いてもたってもいられなくなったからだ。

家を出て、昨日は走って逃げてきた道を、今日は反対に——会うために、全力で駆ける。息を切らし、汗を流し、やはり情けなさ全開で。目に汗が入って、涙とともに地面に落ちた。気にせず走り続ける。

泡沫亭に到着し、この前と同じ茶室まで辿り着くと、一気に襖を開けた。

「来ると思っていたよ」

中では、湯季先輩が一人、正座していた。

「湯季先輩……俺は……」

全力疾走のせいで息が上がっていて、うまく喋れない。体がかあっと熱い。汗は次から次へだくだくと流れ出て、今鏡で自分の姿を見たら、さぞみっともない姿になっているだろう。

「……ごめんって、言わなきゃいけないのは、俺のほうです」

絞《しぼ》り出すようになんとか言葉を口にした俺を、彼は黙ってじっと見ている。

「あの子に、謝らせてくれませんか」

頭を下げる。が、湯季先輩はやはり無言。

「……お、俺は。すげえ、情けない奴なんです。ちょっとのことですぐ怯えて、泣いたり叫んだり、怖がって逃げたり、そんなんばっかで。……でも俺は、誰かを傷つけたいわけじゃなくて」

「ようするに、」

ようやく湯季先輩が口を開く。俺は下げていた頭を上げ、彼を見る。

湯季先輩は微笑を浮かべながらも、その目はまだ、俺を見極めているかのようだった。

「ごめんと言いたいのは、君が、謝ってすっきりしたいから？　自分の罪悪感を晴らしたいだけ？」

「違っ」

「もし中途半端な気持ちなら、あの子達には、最初から関わらないほうがいいと思うよ。お互いのためにね」

湯季先輩はすっと立ち上がり、俺の横を通り抜けて去ろうとする。

「待ってください！」

咄嗟に、俺は彼の肩を摑《つか》んでいた。

「お、俺は、怖がる専門だから、怖がられた経験とかないんで、あの子の気持ちを正しく理解してあげることは、できないのかもしれない。けど俺、昔っから本当に、臆《おく》病《びょう》だったから。一緒に遊んでもつまんねーって、周りに仲間はずれにされることなら、ありました。だから……理解されなくて寂しいって、一人が寂しいって気持ちなら、わかります」

気持ちだけなら確かに心の内にあるのに、それをうまく外に構築できない自分がもどかしい。口から出る言葉は全て拙《つたな》く、たどたどしくて、そんな自分に嫌気がした。

それでも、言葉を止めるわけにはいかなかった。

「だから俺は、あの子が寂しがっていることが、嫌で。しかも、原因が俺なら、もっと嫌で、どうにかしたくて。だから、俺は……」

あの子のために何かしたい。

あの子のために心を尽くしたい。

そのために、どうしたらいい？

「お茶を」

意識より先に直感が答えを見つけたかのように、言葉は自然に零《こぼ》れていた。

「俺、あの子のために、お茶を点てたいです」

その場の勢いだとか、流れだとか、正直そういうのがまったくなかったと言えば嘘《うそ》になるけれど。

口から飛び出したその言葉は、突拍子《とっぴょうし》がないながらも、奇妙なほどすとんと俺の中に収まった。

「……そう」

湯季先輩は頷き、ようやく、上辺《うわべ》だけじゃない微笑みをくれる。

「その言葉が聞きたかった」

花が咲くような——いや、なんだろう。もっと素朴《そぼく》で、安心できる笑み。ほわっと湯気の立つお茶のような笑顔。

「と、とはいえ俺、お茶とか点てたことないんで、全然うまくできないとは思うんですけど。いやあのでも、気持ちだけは本物で！」

昨日見た湯季先輩の点前《てまえ》は、本当に綺麗だった。自分があんなふうにお茶を点てられるとは思えない。そもそもまったくの初心者だから、まず何から学べばいいのかすらわからない。

「大丈夫。俺がちゃんと教えるよ。君は仮入部とはいえ茶道部員で、俺は君の先輩だからね」

「ほ、本当ですか。ありがとうございます！」

「お礼なんて必要ないよ。俺は教えるだけで、頑張るのはあくまで君なんだから」

柔らかな笑顔のままそう言ってくれる湯季先輩。今日の昼休みは、変で怖い人だとか思ってしまったけれど、こうして話してみると、とてもいい人だ。

「そういうわけで、一週間後に昨日のあの子達に集まってもらおう。それで君に点前をしてもらうから、必死で覚えてくれ」

「はい！　……え？」

深く考えずに返事をしてしまった後、あらためて言われたことをよく考え、固まる。

「え、一週間？　一週間で点前……あの、お茶を点てる一連の流れを、全部覚えろってことですか？」

ただお茶を出すのとは違う。抹茶《まっちゃ》の点前だ。道具の運び方から扱いまできちっと決まっているのであろうあれを、一週間でマスターするって……きついのでは？

「そうだよ。だってあんまり長い間謝らずにいたら、あの子がかわいそうだろ」

そ、それはそうだ。勢いで言った言葉だったから、まったく深く考えてなかった。

「確かに一週間というのは、点前を学ぶには非常に短い時間だけど……俺も誠心誠意《せいしんせいい》指導するから、死にものぐるいで取り組んでね」

「……あ、あの。それなら俺、お茶とかじゃなく、普通に謝りましょうか」

「はは。君の誠意は、その程度のものだったのかな」

「い、いえ！　けしてそんなことは。で、でも、覚えられますかね。俺、マジでど素《しろ》人《うと》なんで……」

「覚えられるか、じゃない。覚えてもらう」

にっこり、と。向けられる表情は確かに笑顔だ。なのに「覚えられなかったらぶっ飛ばす」と胸倉《むなぐら》を摑まれている気分なのはなんでだ。

「それじゃ、明日から朝練として朝は六時に泡沫亭に集合で。放課後も授業が終わったら集合。あ、昼休みにも稽古をしようか。一週間後までに君にできるかぎりのことを教えておきたいし、そのために時間はいくらあっても足りないからね。もちろん土日もやるよ。ああ、泡沫亭の使用のことなら気にしないで。俺、ちょっと顧問《こもん》には貸しがあってね。鍵とか自由に使わせてもらえるんだ」

何そのハードスケジュール。茶道部というより運動部の練習量じゃないか。むしろ運動部でもそこまでやらない気がする。

「どうした三軒、返事は？　それとも、文句でもあるかい」

おそらく、今この場面がテレビ放送されているとしたら、副音声で「ないよな？　あったら殺す」と流れると思う。

一瞬怖気《おじけ》づき、「すみません許してください」と土下座《どげざ》したくなった。……だけど、そもそもは俺が言い出したことだ。あの子のためにも、ここで退けるはずなんてなくて。

「い、いえ！　文句とかありません。精一杯頑張るんで、よろしくお願いします！」

「三軒、帛紗《ふくさ》捌《さば》きがまた違ってる」

「はい！」

「茶杓《ちゃしゃく》を置くのはそこじゃない」

「はい！」

「茶碗を清めるときは、茶巾《ちゃきん》のここを持って、こう拭く」

「はいぃ……！」

あれから三日。宣言通り、俺は本当に毎日朝から晩まで湯季先輩から指導を受けている。常にだくだくと冷や汗が流れっぱなしで脱水症状が起こせるのではないかと思うレベル。湯季先輩はけして怒鳴ったり殴《なぐ》ったりするわけじゃないけど、笑顔で次々と指摘してきて、静かなるスパルタだ。

「あの。すみません、俺、覚えが悪くて」

手厳しいなとは思うが、しかしよく考えれば、湯季先輩だって俺に教えるために朝早くから夜遅くまで付き合ってくれているわけで。

今日だって、第三金曜日だから普通の部活もあったにもかかわらず、湯季先輩はにこやか～に他の部員達に「俺は三軒に教えたいことがあるから、もうちょっと残っていくね」と言って、皆が帰った今も、俺と一緒にいてくれているわけで。外はもう結構な暗さだし、上級生にこんなに時間を使わせて申し訳ない。

ちなみに今日の部活で知ったが、茶道部の現在の部員登録数は二十一人だそうだ。といってもやはり幽霊部員が多く、顔を出していたのは十人だけ。そのうち、一年生は俺以外に二人。どっちも別のクラスだし、女子なのでほとんど話さなかった。部活中もほとんど湯季先輩に指導してもらってたし。

「初心者なんだから、わからないことが多いのは当然だ。君は、頑張っていると思うよ」

「いえ、まだ本当に、全然できてないんで」

やってみて実感したが、茶道は足運びから道具の置き方、持ち方など、さまざまなことに細かい決まりがあって、覚えることが多い。もともと俺は落ち着きがあるとは言い難い性質なので、すぐに頭がこんがらがってしまう。

そしてずっと正座というのも地味にきつい。かといって足を崩すわけにもいかないし、我慢するしかないとはいえ、足の痺《しび》れに気をとられると他の所作《しょさ》が疎かになってしまい、なかなかうまくいかない。

こんなので本当に、あの子に——玖狸に喜んでもらえるのか？

そもそも玖狸はいつも湯季先輩の点前を見て、お茶を飲んでいるはず。今更俺みたいな初心者オブ初心者がお茶を点てたところで、嬉しくもなんともないんじゃないか。

玖狸に謝りたい。笑ってほしい。俺が目指すのは、そのための点前であり、お茶だ。だからこそ焦《あせ》る。今のままでは駄目だとわかっているから。けど、だったら一体どうしたらいいのだろう。

「湯季先輩。茶道で大切なことって、なんなんでしょうか？」

尋《たず》ねると、湯季先輩は「ふむ」と一度頷いた後、口を開く。

「三軒。君は、『利《り》休《きゅう》七《しち》則《そく》』というのを知っている？」

「え？　いえ、知りません」

「そう。でも、千《せんの》利《り》休《きゅう》という名前くらいは、君も知っているだろう？」

「ええと、茶道の創始者でしたっけ？」

「うん、違う」

「あれ。え、でも、茶道といえば千利休でしょう？」

「千利休は確かに、茶の湯を大成した偉大な人物だ。だけど創始者かというと違う。喫《きっ》茶《さ》の習慣自体は中国で始まって、日本では鎌倉時代に抹茶法がひろまったそうだけど……。いわゆる『わび茶』の開《かい》祖《そ》と言われるのは、室《むろ》町《まち》時代の珠《しゅ》光《こう》という人物だ」

「『わび茶』ってなんですか？　普通の茶道とは違うんですか」

「茶の湯には趣味芸術の面などもあるけれど、わび茶は精神性を前面に押し出したものでね。その名の通り『わび』の心を重んじている」

「わびって、わび・さびの、わびですよね。言葉だけならよく聞きますけど、俺、ちゃんとした意味はよくわかってないんですが」

テレビで和の工芸品や風景が映っているとき、理解もしていないのに「あーこれがわび・さびってやつなんかなあ」と思う程度だ。

「一般的によく言われるわびは、不完全・不均整の美、というところかな。でも、わびは奥が深いよ。一朝一夕《いっちょういっせき》で理解しようと思うほうが無茶だし、『正しい』理解なんてものがあるのかも疑問だ。これ、という解があるんじゃなく、先人のわび観を学んだ上で、自分でも考え、答え導き出すものなんだと、俺は思う。珠光には珠光の、利休には利休の、そして俺達一人一人にも、それぞれわびの解釈がある、と。――それを踏まえた上で、珠光に続いてわび茶を推進させた、武野《たけの》紹鷗《じょうおう》という人物の言葉としては、こういうものがある。

『侘《わ》びと云《い》ふこと葉は、古人も色々に、歌にも詠じけれども、ちかくは正直に慎み深くおごらぬ様を侘びと云う。』」

「……正直に慎み深くおごらぬ様、ですか……」

「この他にも、紹鴎は藤原定家《ふじわらのていか》の、利休は藤原家隆《ふじわらのいえたか》の歌にわびの心を見出していたりして、調べていくと興味深いんだけど——それはまたの機会にしよう。今は、七則の話をしようとしていたんだったね。

『南方録《なんぼうろく》』という茶書があるのだけれど、それをもとに『利休七則』という茶の湯の教則が成立したんだ」

湯季先輩は一旦そこで口を閉じると、そっと一呼吸し、まるで歌い上げるかのように次の言葉を紡《つむ》いでいった。

「茶は服のよきように点て
炭は湯の沸《わ》くように置き
花は野にあるように
夏は涼《すず》しく冬は暖かに
刻限《こくげん》は早めに
降らずとも雨の用意
相客《あいきやく》に心せよ」

一言一言、噛みしめ味わうような語り。やがて全て言い終えると、余韻《よいん》を残すようにゆっくりとひと息吐き、湯季先輩はこちらに笑顔を向ける。

「今のが、利休七則だ」

「はあ……」

「いまいちぴんとこない、って顔をしているね」

「いや、その。今のって……どれも当たり前のこと、なんじゃないんですか？　夏は涼しく冬は暖かに、とか、刻限は早めに、とか。特別な言葉には聞こえないような気がして。そんなの誰でもわかってるんじゃ……」

「あはは。君、まさに南方録に書かれている、利休に茶の極意を聞いた人みたいな反応するね。――誰でもわかっている当たり前のことを、当たり前にできることが、難しいということだそうだ」

湯季先輩はまだ首を傾げている俺に、特に気を悪くした様子もなく、また語る。

「まず、『茶は服のよきように点て』。服はお茶を飲むことだ。単に味がよければいいという問題じゃない。お茶をおいしくいただくには、亭主《ていしゅ》――おもてなしをする側の心と、客の心が通じ合うことが大切だということ。

次に、『炭は湯の沸くように置き』。炭に火がつけば湯は沸く……とは、限らない。計算だけじゃない、物事の本質を見極めることが示されている。

『花は野にあるように』。野に咲く花には、自然から与えられた命がある。自然の美と生命の尊さを知ること。

『夏は涼しく冬は暖かに』。厳しい季節にも、相手への思いやりをもって工夫することが大事だという教えだ。たとえば夏なら、涼しげな道具を使って清涼感《せいりょうかん》を演出する、とかね。そうした亭主の心配りで、実際の温度は変わらなくても、客は涼しさを感じ取ることができる。

『刻限は早めに』。時間に余裕を持つことは、相手の時間を尊重することにも繫《つな》がる。時間があることで、亭主と客がゆとりを持って向き合うことができる。

『降らずとも雨の用意』——これは、雨はたとえにすぎない。茶の湯は正しい作法が大事とはいえ、時には柔軟に機転をきかせる必要もある。だから、どんなときでも落ち着いて行動できる、心の準備が大切ということ。

そして『相客に心せよ』。茶席では誰もが平等で、お互い敬意を持てということだ」

「……へえ……」

降らずとも雨の用意、というのが、なんで茶道で大切なのかと最初不思議に思ったが。どんなときでも落ち着いて行動できる心の準備のことだとはな。俺の最も苦手とするところだ。

　自分でも、いつも焦りすぎているとわかってはいる。だけど落ち着かなくてはと意識すればするほど混乱に陥ってしまう。溺《おぼ》れまいと手足をばたつかせてもがくほど、水の底に沈んでゆくのと同じ。力を抜けばいいとわかっているのに、その簡単なことができない。

　なるほど。確かに、当たり前のことを当たり前する、というのは、大変なのかもしれない。

「そう難しい顔をすることはないよ。逆に言えば、特別なことや突飛なことをする必要はないんだ。基本的なことを、一つ一つ丁寧に、大事にすればいい」

　こちらの気持ちを読み取り、解そうとしてくれるように、湯季先輩は俺に微笑みかける。

「ちなみに、七則と同じように茶の湯の精神を表すものとして、『四規《しき》』というのもあってね。ワケイセイジャク、と四つの字で構成されている」

「ワケイセイジャク……？　それは、なんなんですか？　四つの字って？」

「うん。それは」

　もったいぶるように一度間を置かれ、思わずごくりと喉を鳴らす。

「自分で考えてみたらいいんじゃないかな」

期待に身を乗り出していたので、悪気なくそう言われ、ずっこけそうになった。

「そんな。教えてくれないんですか？」

「なんでもかんでも、教えられてばかりじゃつまらないだろ？　ワ、ケイ、セイ、ジャク、それぞれどんな字なのかは、自分で見つけ出してごらん」

「えぇえ」

「あはは。……なんて、偉そうに言っても、俺もまだまだ未熟者。本当は、君にどうこう言える立場ではないんだけどね」

「いやいや。湯季先輩は……なんていうか、だいぶ貫禄《かんろく》がありますよね」

常に笑顔を絶やさず、鷹揚《おうよう》に構えている。そういえば俺とこの人は年齢一つしか違わないんだよな、と思い出すと信じられない。もちろん外見は若々しいけれど、内面から滲み出る空気は、もっと老成《ろうせい》した、大人か、いっそ仙人《せんにん》のような感じすらする。

「……湯季先輩は」

「ん？」

「なんで、あやかしのためにお茶を点てるんですか？」

ふと思った。あやかしにおもてなしをするのも、朝や昼休みまで俺の稽古に付き合うのも、湯季先輩にはなんの利益もない、はずだ。

　わざわざ時間を割いて、手間をかけて。一体なんで、そんなことを？　以前「通じ合いたいと願うから」とは言っていたが、それだけじゃ全然わからない。

「気になる？」

「そりゃあ、気になりますよ」

「そう、それじゃあ」

　答えてくれるのか、と再び身を乗り出す。

「稽古時間延長。今日は昨日までより一時間長く稽古しよう」

「ふぁ!?　なぜ!?」

「今の君に、余計なことを気にしている時間なんてないだろ？　なのに、そんなどうでもいいことを——玖狸以外のことを考えているなんて、気が散っている証拠だ。もっと、雑念なんて全部飛ぶくらい、集中してもらわないと」

「い、いや、それとこれとは別ですよ！　稽古を疎かにはしていませんって」

「ふう、こうして俺は今日もなかなか家に帰れない。まったく誰のせいだろうね」

　稽古時間を決めているのは湯季先輩なんだから、自分のせいじゃないだろうか。

「まあいいや、どうせ家に帰りたいわけではないし。もういっそここに泊《と》まろうか。

朝まで稽古ができるし、朝から稽古ができるよ」

「遠回しに徹夜しろって言ってます？」

「知ってる？　抹茶にはカフェインが多く含まれているんだよ」

「遠回しにお茶飲んで徹夜しろって言ってます？」

「カフェインだけじゃない。抹茶には他にも葉酸《ようさん》やミネラル、タンパク質などさまざまな栄養が含まれていて、特にビタミンは豊富でね。その上カテキンも含まれているから、風邪《かぜ》予防にもなる。素晴らしい健康効果だよね。そもそも抹茶は茶葉を丸ごといただくわけだから、栄養素もそのまま……」

「あ、そのへんでいいんで。そろそろ稽古再開しましょう」

湯季先輩の「理由」ははぐらかされた。聞かれたくないんだろう。だったら構わない。話したくないことを無理に話す必要はない。

それに、今俺がやるべきことは一つ。

湯季先輩が言ったように——あの子のために、稽古に集中することだ。


朝に稽古、昼に稽古、放課後にまた稽古、翌日の朝にまたまた稽古……と。目まぐるしい日々はあっという間に過ぎた。

あまりにもお茶ばかりの日々でいっそおいしいお茶漬《ちゃづ》けになれそうだったが、とうとうこの日を迎えた。俺が、あやかし達のために点前をする日だ。

俺は初心者だし、とても急なことだったので、けして正式な茶会というわけじゃない。ただこの前の謝罪と誠意を見せるため、皆に薄茶《うすちゃ》を点てるのだ。

お茶には濃茶《こいちゃ》と薄茶というものがあり、濃茶は基本的に客の人数分の抹茶を一つの茶碗に練《ね》り、回し飲むもの。薄茶は一人分ずつ点てられるもの。一般的に濃茶は厳粛《げんしゅく》な空気、薄茶のほうがカジュアルなもので、濃茶か薄茶かで作法なども異なる、らしい。

そもそも茶の湯には茶事と茶会というものがあり、茶事は炭手前《すみでまえ》、懐石《かいせき》、濃茶、薄茶で構成されたもの。茶会というのは、茶事の一部を行う――多くは薄茶だけで催されるものなんだとか。

本来はお茶を点てるために、炉《ろ》や風炉《ふろ》というものに釜をかけて使用するそうだが。俺は初心者のため、今回は盆《ぼん》と鉄瓶《てつびん》を使った、点前の中でも基礎的なものを行う。

湯季先輩に貸してもらった和服姿《すがた》になり、腰には帛紗という、道具を清めるための布をつけてある。お菓子はさっき茶室に運んで、いよいよこれから点前を始めるわけだ。

「三軒、緊張しているかい？」

水屋で深呼吸していた俺に、湯季先輩が声をかける。

湯季先輩はこの日のために、俺に点前を教える以外にも、本当にさまざまなことをしてくれた。あやかし達を招待してくれたり、お菓子を用意してくれたり、茶碗など、どの道具を使うべきかアドバイスしてくれたり。もっとも、道具類に関しては茶道部の備品だが。……ちなみに、正式な茶会では茶道具の問答を行うそうだが、今回はそれも省略させていただく。初心者が準備期間一週間でやるのだから、無理はしないことにした。茶会というより本当にただ「お茶を点てて味わってもらう」と言ったほうがきっと正しい。

ただ湯季先輩によれば、茶道具は茶会においてとても重要なものだけれど、あやかし達の場合に関しては、道具よりお茶そのものが重視されるんだとか。

皆、温かくておいしいお茶を飲みに、こちらの世界にやって来ているらしい。だからこそ、うまくお茶を点てられるかが大切なんだ。

「そ、そりゃあ……緊張しますよ」

「正式な茶会ではないんだ。適当にやっていいとは言わないけれど、もう少しリラックスしてもいいと思うよ」

「は、はい……」

正式な茶会ではない――というかそもそも、相手が人間じゃないんだもんな。うん、今更だけど、初めて点前を披露する相手があやかしとか、普通ありえない。

――だが相手がどうであれ、心を尽くしたお茶を点てたい、と思うこの気持ちは、本物だから。

「……よし」

意を決し、茶室の襖の前に、道具を乗せた盆を置いて正座した。

点前の間、湯季先輩には茶室の外で待っていてもらう。今日の点前は、俺の誠意を見せるためのものだから。拙くとも、精一杯、俺一人でおもてなしをするのだ。

だからここから先は、俺とあやかし達だけの空間。

ゆっくりと襖を開ける。茶室内には、玖狸と、この前と同じ面々――ろくろ首と、提灯小僧が並んで正座している。厳密には、玖狸は足の長さ的に正座もどきだが。

あやかし達に怯えず、叫ばず、深く礼。盆を持って所定の位置へ。

一度水屋に戻り、建水《けんすい》という道具を持ち出す。これは、後で湯を捨てるために使うものだ。ただ道具を持ってくるだけのことでも、姿勢、足運びに気をつけ、焦らず慌てず、一つ一つの動きを丁寧に。

やがて点前する場所に正座し、ひと呼吸置いて心を落ち着ける。帛紗を捌き、次は道具を清める――

「ふえっくし！」

「ひっ⁉」

静謐な室内で、予想外の大きな音を出され、心臓が飛び跳ねる。

提灯小僧がくしゃみをしたのだ。目が合い「申し訳ねえ」という視線を送ってくる。

突然の音に驚いたが、ま、まあいい。このくらいで取り乱してはいけない。落ち着いて、次の所作を……。

……次の……。

心臓はまだ鞠《まり》のように跳ねており、頭は真っ白だ。指先から体が冷えてゆく。

――次、何すればいいんだっけ？

今のくしゃみで、頭の中まで吹っ飛ばされてしまったようだった。脳内が霧《きり》で埋めつくされているように、何も思い出せない。

もともと、俺は本番に弱いタイプだ。これまでの人生で、運動会でもテストでも、本番で練習以上の力が発揮できたことは一度もない。やり直しのできない状況特有の緊張感、周囲の視線、そして自分へのプレッシャーが、調子をかき乱す。

落ち着け、帛紗を捌いたんだから、道具を清めるんだ。いやでも、どの道具からだっけ？　棗《なつめ》？　茶杓？　茶碗はどうすればいいんだっけ？　使うのは右手？　左手？　置く位置は？　間違えてしまったらどうしたらいい？

どうしようどうしようと頭がぐるぐるし、完全に動作が停止してしまう。早く次の手順にいかなければいけないのに。駄目だ、頭に何も出てこない。気持ちばかりが焦り、動けないのに汗だけが流れる。

あんなに何度も練習したのに。真面目にやったのに。

「あ……あの、ええと……」

パニック状態で震えた声を出してしまったが、すぐ口を閉じる。焦燥と情けなさだけが積もってゆく。

ああ、くそ、どうして俺はいつもこうなんだ！

玖狸に謝って、笑ってほしいと思ったのに。こんなんで、おいしいお茶なんて点てられるのか？

「三軒」

名を呼ばれ、はっと顔を上げる。茶室の外から、湯季先輩の声がした。おそらくさっきの俺の声で、異変に気づいてくれたんだろう。よかった、先輩の助けが――

「三軒、『七則』」

…………。

え、それだけ？

もっと何か、手順についての助言とか、叱咤《しった》激励《げきれい》とかしてくれるんじゃないのか。

「七則」の一言だけってなんだ。七則ってあれだろ、利休の茶の教則だそうだけど、特別なことはないやつ。茶は服のよきようにとか、降らずとも雨の用意とか――

……ああ、そうか。

湯季先輩は、言ってたっけ。特別なことは必要ない。当たり前のことを、当たり前にする。それが大事なんだと。

もっとも、それこそとても難しいことなんだろう。けど、一番大切なのは、相手を思いやる気持ち。

今俺は、俺のためにこんなことをしているんじゃない。玖狸のために、お茶を点てようとしているんだ。

だったら自分がどんなに情けなかろうが、かっこ悪かろうが、今はどうでもいい。大事なのは、玖狸に喜んでもらうこと。そのために心を尽くすこと。

……まだ、完全に冷静さを取り戻せたわけじゃない。

それでも、抹茶を湯に溶かすように、緊張を溶かしてゆく。

ゆっくりと、棗……薄茶の容器を、帛紗で拭く――「清める」という行為だ。帛紗を捌き直す。

帛紗捌きは、最初苦手だった。

だけど湯季先輩は稽古のとき、根気よく何度も教えてくれた。注意することはあっても、怒鳴ることはなかった。こんな俺に、覚えるまでずっと付き合ってくれた。

ああそうだ、思い出してきた、思い出してきたぞ。もともと、この一週間、朝から晩までみっちり仕込まれて、動き自体は体に染みついていたんだから、あとは余計な肩の力を抜いて、自然な流れに身を任せればそれでよかったんだ。

棗の次は、茶を掬うための茶杓を清める。心を無にして手を動かせば、道具とともに、自分の心まで清浄になってゆくようだった。

次は茶筅《ちゃせん》通し――あの、お茶を混ぜる竹製の泡立て器のような道具を、清めるとともに穂先を確認するのだ。茶碗に湯だけを入れ、穂先を回し見たら茶碗の中で茶筅を振り、終わったら湯を捨てる。以前湯季先輩の点前を見たとき、どうして抹茶を入れないのかと不思議に思っていたが、あれはまだお茶を点てていたわけではなく、茶筅通しだったのだ。

茶碗を清めながらふと思う。お茶を点てることは、どこか舞《まい》に似ているかもしれない。動き自体は決まっていて、あとはその動きに一つ一つに意味を、想いを込めて、ただ客のために集中する。

……不思議だ。

さっきまで、あんなに緊張していたのに。

今はただ、おいしいお茶を飲んでもらいたいと。

ほんの少しでもいい、心地のいい時間を共有し、笑顔になってもらえたらと、思う。

「お菓子をどうぞ」

軽いお辞儀をしつつ、お菓子を勧める。

そうしてあやかし達がお菓子を楽しんでいる間——ここからが、更なる力の入れどころ。

棗の蓋を開け、茶を二杓《にしゃく》掬う。茶碗に湯を入れ——お茶を、点てる。玖狸のことを想って。

和《わ》し合いたいと願う。

敬意を捧げる。

清らかな心をもって。

もう君に怯えないとお茶に誓う——

「お点前頂戴《ちょうだい》いたします」

「どうぞ」

そうして、俺の点てたお茶に、玖狸が口をつける。さすがにその瞬間はドキドキした、が。

「あったかい」

「……え」

ぽつ、と。温かな雫《しずく》のように落とされた言葉に、俺はつい呆《ほう》けた声を出し、玖狸のほうを向く。

「……すごく、あったかい……」

そう言った玖狸は、くしゃっとした、泣いてしまいそうな顔で——けれど確かに、笑っていた。狸の顔でも、ちゃんとわかる。

「嬉しい。ありがとう……」

「あ、あの、俺……」

「味だけなら、湯季のが、おいしいけど」

あ、はい。一瞬がっくり肩が落ちそうになったが、そりゃそうだ。たった一週間で先輩を超えられるわけないいんだから、落ち込む必要もない、はず。今後もっと頑張ればいいだけの話。

「でも、気持ち、伝わってきた」

まっすぐにこちらを見る玖狸の表情に、不満さはない。言葉よりむしろ、その笑顔が全てを語ってくれている。

「だから、すごくあったかい……」

ほわりと湯気の立つお茶のような、温もり溢れる、優しい笑顔。

「え、あ、あの、えと」

誰かに、こんな笑顔でお礼を言われたのは初めてだ。全身がぽかぽかして、こそばゆい。うまい言葉を返すこともできす狼狽《うろた》えてしまう。

そんな俺を見てろくろ首と提灯小僧は、これはからかったら面白そうだと、いい玩具ができたと言わんばかりに（そういう目で見られることには慣れているのでなんとなくわかる）にやにやと笑みを浮かべる。

「まあ、最初はだいぶ危なっかしかったけどねえ。いかにも初めてって感じで。固まっちゃったときとか、大丈夫なのかとハラハラしたよ」

「あのときのこの人間の顔、すげえおかしかった。笑い堪《こら》えるのが大変だったぜ、やばいやばいって顔に書いてあってさー」

「い、いやおまえら、言いたい放題だな！　俺めちゃくちゃ頑張ったんだからな⁉」

どっ、と笑いが起きる。静謐であるべき茶室でこんなに騒がしくしていいんだろうかと思うが、今だけ許してほしい。

だって、皆が笑顔だから。

つられて、俺まで笑わずにはいられないじゃないか。

「ま、そう怒んな。必死さが伝わってきたってことだ」

「どうでもいいと思っている相手にならあんなに一生懸命やらないだろうしねえ。稽古大変だっただろうに、すごいじゃない」

「えっ、い、いや、その」

褒《ほ》められると逆に焦る。虚しいことに、馬鹿にされることには慣れているが、褒められることには慣れていない。

玖狸は俺達のやりとりを、ただ温かな笑顔で見守ってくれていた。……そんな彼女に向け、俺は手をつく。

「あ、あの」

つぶらな瞳が俺を捉える。こうして落ち着いて見てみると、可愛い。もともと動物は嫌いじゃないほうだ。

「この前は、怖いとか言っちゃって、ごめん」

気持ちが通じれば言葉はいらない、というのは、謝罪する側の考えではないと俺は思う。お茶を飲んでもらったとはいえ、ちゃんと言葉でも伝えておきたかった。

「あのときは、パニックになってて。でも、傷つけたいわけじゃなかったんだ。だからこのままじゃ嫌だって思って。今日……こうしてお茶を飲んでもらえて。……笑ってもらえて、すごく、嬉しくて」

初めて知った。自分の手で誰かを幸せにできる喜びを。

お茶を飲んでいないのに、むしろ点てた側なのに、俺のほうが、あったかい。

「だから、その。……もしよかったら、これからよろしくお願いします」

深く、頭を下げる。

しん、と反応がなかったので不安が込み上げてきた。俺、変なこと言ってるかな？ 内容が変でなかったとしても、態度が、しどろもどろになりすぎたかもしれない。

……と、心配し顔を上げたところで。

「…………うん」

じわりと染み込んでひろがってゆく、雫のような受容。

「これから、よろしく！」

「ぐえ」

飛びついてきた玖狸の頭がちょうど俺の腹に入る。むせ込んでいたところで、提灯小僧とろくろ首も寄ってきた。

「よろしくな、新入り！」

「ねえ、あたしらにもお茶を飲ませておくれよ。もう待ちきれないんだわ」

「あ、ああ。皆の分も、順番に点てるから」

「やった！　お茶、お茶！」

「ふふ、おいしいのを頼むよ。でないと、また首を伸ばして驚かせてやるからね」

「ちょ、ちょっとおまえら、落ち着けっての！」

注意をしながらも、顔は緩む。

――俺にとって一生忘れられない、あやかし達との「始まり」だった。

「お疲れ様、三軒。うまくいったじゃないか」

点前が全て終わった後。あやかし達は自分達の世界に――「あやかしの世」というものに帰った。

魔法陣もどきを通って消えてゆくところは、さすがに生で見ると超常的すぎて奇声を上げそうになったが、どうにかこうにか飲み込んだ。心の準備さえしてあれば、なんとか飲めるもんだな。

「い、いえ。湯季先輩、あのときは、ありがとうございました」

「ん？　あのときって、どのとき？」

「俺が、頭真っ白になってたときに、『七則』って言ってくれて……」

「ああ。俺はそう言っただけじゃないか。あれは、そこから大事なことを思い出してちゃんと立て直した、君の力だ」

偉い偉い、と言わんばかりに微笑まれ、くすぐったい心地だ。照れくささから目を逸らす。

「ところで三軒。七則の他にもう一つ大事な……『四規』はわかったかい？」

「あ……ワ、ケイ、セイ、ジャクっていうあれですよね」

「そう。君は今日それらに、どんな字を当て、意味を持たせたのかな」

俺は、玖狸のためにお茶を点てていたときのことを思い出し、口を開く。

「和し合いの『和』に敬意の『敬』。セイは……最初、静謐の『静』なのかと思いましたけど。皆の前でお茶を点ててみて、清浄の『清』がしっくりくるように思いました」

「そうだね。……じゃあ最後、ジャクは？」

「……わかりませんでした。静寂のジャクじゃあ、寂しいって字ですもんね？　それはちょっと違いますよね？」

「いや。それで合っているよ。和、敬、清、そして寂。その四字で、茶道の心得《こころえ》『和敬清寂《わけいせいじゃく》』となる」

「えっ、寂しいって字でいいんですか？　それって、なんだか悲しい感じがしませんか」

「寂静《じゃくじょう》や空寂《くうじゃく》、寂滅《じゃくめつ》は、仏教における重要な言葉だよ。和敬清寂の寂は、どんなときにも動じない心を意味するんだ」

「どんなときにも動じない、心……」

それは俺に足りない、欲してやまないものだ。

「難しい顔をしているね。自分には無理かもしれない、とか思っている？」

「あ、いや、その」

「三軒。寂の心が欲しいのなら、稽古を積むことだよ。稽古を重ねてゆけば、点前のとき自然に体が動くようになり、それが自信となって、動じない心も身につく」

「そ……そう、ですかね……」

だが確かに、さっきは稽古の力を感じられた。一度頭が真っ白になってしまった後も、もう一度動き出してみれば、染みついた所作が自然と俺の体を誘導してくれた。

もし、このままずっと稽古を積んでゆけば。

なれるだろうか。今、目の前にいる人のように。

ちらと視線をやれば、変わらず、湯季先輩は笑顔をくれる。

「焦らず、じっくりやっていけばいいさ。……入部に関しても、答えは出たんだろ？」

そうだ。さっき玖狸達に言った「これからよろしく」という言葉は、その場の勢いだけだったわけじゃない。

「はい」

俺は、変わりたい。自分が怯えることで、今回みたいに誰かを傷つけたくないし、もっと堂々とした男になりたい。

これはそのための、第一歩。

「茶道部の一員として、今後ともよろしくお願いします。普通の部活でも……あやかし達との時間でも！」

俺の、少し変わった高校生活の、幕開けだった。

第二話

鬼と、よろしくの一服

「おや。もうこの時期なのかい。早いもんだねえ」

あやかし達と出会い、点前の稽古に勤《いそ》しんだ四月は瞬《また》く間に過ぎた。

気づけば五月。カレンダーを一枚めくるだけじゃない、目に見える確かな変化が一つ、泡沫亭の茶室にはあった。魔法陣もどきからやって来たあやかし達が、早速それを目にし声を弾ませている。

「風炉だ……。これからどんどん、暖かい季節、なってく」

玖狸が尻尾を揺らしながら、しみじみと言う。

湯季先輩や、他の茶道部の先輩達が湯を沸かすために使っていた、炉。それは、大体十一月から四月に使用されるものらしい。そしてこの五月から十月にかけては「風炉」という道具を用いるのだという。

炉というのは囲炉裏《いろり》のような、畳の一部を四角く切ったもの。対して風炉は火鉢《ひばち》のようなものだ。——もっとも、先日の俺の点前は、盆と鉄瓶を用いた基礎的なものだったため、炉も風炉も使っていないが。鉄瓶を乗せていた瓶掛《びんかけ》は風炉のようなものだけど、釜をかけた風炉とは存在感が違う。

「風炉を見ると、季節の移り変わりを実感するねえ」

首をにょろにょろさせて言うのは、ろくろ首の六花。

「寒い時期に飲むお茶も温まっていいけど、暑いときに飲むお茶も、おれっちは好きだな」

周りに火の玉のような光が浮かぶ、不思議な提灯を揺らしながらそう言うのは、提灯小僧の赤太郎。

「わたしも。三軒、早く風炉、慣れて、おいしいお茶、点てられるように、なるといい」

「あ、ああ。努力するよ」

「ふふ。楽しみ」

にこにこ笑う、玖狸。期待されるのはプレッシャーもあるけど、この笑顔のためなら頑張ろうと思えてしまうんだから、すっかり絆《ほだ》されている気がする。

「よお。久々に稽古してもらおうと思って来たぞ」

「こんばんはァ、湯季ィ。今日もよろしくねェ」

宙に魔法陣もどきが浮かび、そこから黒い翼《つばさ》の生えた男と、畳につきそうなほど長い黒髪の女が出てきた。こういう光景を見て、最初のうちは何度も悲鳴を上げそうになっては、そのたびに頑張って飲み込んだものだ。その甲斐もあってというか、最近は徐々に見慣れてきた。今ではこんな超常的な光景の前でも、ちょっと顔色が悪くなるだけですんでいる。

「三軒、顔、変な色。平気？」

玖狸がくいくいと俺の制服の端《はし》を引っ張り、心配そうに首を傾げる。

「ハハハこのくらい平気だって。もう慣れた、慣れた」

「でも顔、泥水《どろみず》みたい」

「すげえ、腐った卵に腐った藻《も》入れて混ぜたような色だ」

「どっちかっていうと、三ヶ月間放置した魚に生えた黴《かび》の色じゃないかい」

どんな色なんだよ俺は。

玖狸や赤太郎、六花には慣れたけど、初見の奴相手にはやはりまだ構えてしまう。

未知のものに対する条件反射だ。とはいえ、ここに来るあやかし達は皆いい奴だと知って、もう間違っても面と向かって「怖い」なんて言う気はない。

「さて。今日は、これ以上は誰も来ないか。そろそろ稽古を始めようかな」

泡沫亭の中があやかし達で賑わってきた頃、湯季先輩がそう言った。

「にしても湯季先輩って、あやかし達相手にも稽古するんですよね」

今日はあやかし達相手に行う、稽古の日。

俺は普通の稽古なら、通常の部活動のときにやるわけだが（もっともうちの茶道部は活動日数が少ないが）せっかくなので、あやかし達の稽古にも混ぜてもらっていた。

「……今更ですけど、茶道ってあやかし達に人気なんですか？」

「お茶自体は、あやかしの世にもあるようだけど。どうやら所作に従って飲む習慣はないみたいだから、逆に珍しくて、皆やりたがるみたいだね。あやかしは長寿《ちょうじゅ》ゆえに、日々に退屈している者も多いから。それに、こちらの世のお茶のほうが、あやかし達の口に合うみたいだ」

なるほど。でもそれは、産地的な違いもあるかもしれないけれど、「人間の点てるお茶」というのが、あやかし達にとって格別なんじゃないだろうか。この前の玖狸の記憶を思い出し、そんなふうに考える。

「ていうか他にも、泡沫亭とあやかしについては、いろいろ疑問があるんですけど」

「ん？　何？」

「今更ですけど、他の茶道部の人達って、あやかしの存在を知らないんですよね？　おかしくないですか、はち合わせしたりしないんですか」

「あやかしは基本的には夜行性で、向こうの世とこちらの世の時間にあまりズレがないから、ここに人間がいる時間に来ることが少ないんだよね」

「そうなんですか？　玖狸達は、昼過ぎ頃からここに来てたりすることもあるみたいですけど」

「あんまり夜遅くだと、俺達のほうが来られないから、気を遣ってくれているんだろうね。彼女達は、あやかしからしたら早起きな部類らしい」

確かに、イメージ的な問題かもしれないけど「あやかし」って、昼より夜に活動していそうだなとはなんとなく思う。

「ただ、それだけではないんだけどね。あやかしの皆が、他の茶道部員に見つからない理由」

湯季先輩は顎の下に指を添え、話しながら自分でも不思議がるように続ける。

「あやかしを見ることができるのは、人間が泡沫亭の中に二人以下の場合に限るみたいなんだ。人間が三人以上いると、見えない。だから、普通に皆で部活をしていると見えないんだよね」

「え、人数によるんですか？　どういうことなんです」

「正直に言えば、俺も泡沫亭の不思議について、詳しく知っているわけじゃない。ただ、どうもこの場所は……誰か、昔ここへ来たあやかしに、術をかけられているみたいだ」

「……えっ？　どういうことです」

「あやかしの存在が、本当に誰にでも、大人数の人間に見られてしまうんだったら、大変な騒ぎになるだろ。それを危惧《きぐ》して、ごく限られた人間にしか見えないように、調整されているのかも」

「調整？　……つまり、誰かの手によって、意図的《いとてき》にそうされてるってことですか？」

「ああ。茶道部員でなきゃ見えない上に、泡沫亭の中に人数が二人以下のときしか見えないんだから、本当にかなり限定的なんだよね。条件が揃《そろ》った上でないと、あやかしに会えない。……そう簡単にあやかしに関わってはいけない……そんなふうに、誰かに注意されているみたいだ。あはは」

「笑うところですか？　その術かけたのが誰なのか、わからないんですよね？　こ、怖くないですすか」

「あまり大勢の人にあやかしのことが知られてしまうと騒ぎになるのは確かだし、親切な誰かの気遣いだと思って受け取っておけばいいんじゃない」

そんなもの、か？　まあ実害のあるような術じゃないから、深く考えなくてもいい……のか……？

「でもやっぱ、なんか気になってモヤモヤするんですけど。誰がその術をかけたのか、探したりしないんですか？」

「はは、そんなことといちいち気にしていたら、あやかし達とお茶を楽しむことなんてできないよ。それに、探すとしても、俺達人間はあやかしの世には行けないしね」

「そうなんですか？　あの魔法陣もどきを通れば、人間でもあやかしの世に行ける……とかないんですか」

あやかし達が「こちら側」に来られるなら、俺達が「あちら側」に行くこともできるんじゃないのか。……まあ、仮に行けたとしても俺は絶対嫌だけどさ。未知の世界に行くなんて、考えただけで恐ろしい。

「うーん。行けないっていうか、厳密には行くことが可能か不可能かで言えば、一応可能らしいけど。人間であっても、あやかしの承認があれば――あやかしと共にあの陣《じん》に入れば、あちらの世に行けるそうだ。でも……」

「でも？」

「あやかしと違い、術を使う力を持たない俺達人間は、脆い。人間があちらの世に行くと、体にひどく負担がかかるそうだ。試したことのある人を知らないから、それがどの程度のものなのかはわからない。けどひょっとしたら、命に関わる可能性もある」

「そ、そんなにですか」

「なんにせよ、あやかしや、あちら側の世界に関しては、あんまり気にしても意味がないと思うよ。考えて解明できるような問題じゃないだろうし……それに。謎が多いほうが、ミステリアスな感じで『あやかし』っぽいよね」

湯季先輩はにこにこと笑っている。不可思議を怖がるどころか、楽しむように。

その笑顔を見ていると、なんだか細かいことを気にしてる自分が馬鹿らしくなってくる。いや、多分湯季先輩のほうが変わっていて、普通は俺みたいに気になってしまうものだと思うんだけど。

「あー……じゃあともう一つだけ、聞きたいことがあるんですが」

あやかしの存在や力に関しては、疑問を持ち始めるとキリがない。だから今度は、もっと現実的な質問に切り替える。

「あやかし達のお茶とかお菓子の代金って、どうしてるんですか？　部費……？」

「まさか。部費を勝手に使えるわけないだろ。基本的には、俺が払っているけど」

「え、自腹《じばら》なんですか⁉　それは……湯季先輩に負担がかかりすぎなのでは。あやかし達から代金を貰《もら》ったりしないんですか？」

お茶を点ててあげたり、稽古をしてあげたりした上にお金を払うんじゃ、いくらなんでも湯季先輩にメリットがなさすぎじゃないか。

「あやかし達は人間の通貨を持っていないからね。ただ、お金に関しては問題ないいんだ。以前金霊《かねだま》というあやかしから、お茶のお礼としてちょっとした力を貰って」

「力？」

「金霊は金の精霊《せいれい》でね。金運を上げてくれた、とでもいうんだろうか。俺があやかし達にお茶やお菓子をあげた分は、定期的に同じ額が、運の巡り合わせによって俺に返るようにしてくれたらしい。俺にも不思議なんだけど、財布を拾って交番に届けてお礼を貰うとか、たまたま入った店で一万人目の客だとかで金券貰ったりとか、そんな感じで」

「なんですかそれすげえ！　あやかしと仲良くしてると、そんな力が……？」

「言っておくけど、入ってくるのはあくまで、あやかし達のために使ったお茶とお菓子の分だけだ。分不相応《ぶんふそうおう》な大金は貰えないし、貰う気もないからね。あと、俺が要求した力でもないから。別にお礼目当てなわけではないのに、たまに、不思議な力をくれるあやかしがいるんだよな」

「へえぇ～……。なんか、いろんな要素が重なりあって、あやかし達との茶の湯が成立してるんですね」

「ちょっと湯季ィ。お喋りしていないでェ、教えてくれるゥ？　帛紗の使い方、いまだにちゃんと覚えられないのよねェ」

「ああ、うん。今行く」

あやかしに呼ばれ、湯季先輩はそちらに行く。交代のように、玖狸がぴょんと寄ってきた。

「三軒、風炉、稽古する？　わからないこと、あったら、わたしになんでも聞いて」

尻尾をふりふりしつつ、玖狸が言う。

「おお、ありがとう。なんだ玖狸、風炉での点前、詳しいのか？」

「全然」

「駄目じゃねえか。なんでなんでも聞いてとか言った」

「……？　聞いてって言っただけ。答えられるって、言ってない」

「うわ、その台詞《せりふ》で悪気ゼロなんだよな。ちょっと俺今あやかしとのカルチャーギャップ感じてる……」

「ちょっと、一緒にしないでくれるかい？　言っておくけど、あやかしの中でも玖狸は天然ボケなほうだからね」

六花が、首を伸ばし横から口を出してきた。確かに、玖狸は他のあやかしと比べてほわほわしている気はする。

「だって、わたし、三軒、好き。なんでも聞いてほしい」

「ぐあ」

相手は狸とはいえ、そこまで直球で好意を示されたら、喜びで変な声が出る。

「あんたら、すっかり仲良くなったねえ」

「玖狸は三軒が大好きだな」

「ん」

俺のお茶を飲んでから、玖狸はよく懐いてくれるようになった。もともと人間が好きで人懐《ひとなつ》っこい子だったのだ。俺のほうも、好かれるとどんどん可愛く見えてきて、つい頭を撫《な》でたり抱きしめたくなったりしてしまう。

玖狸以外のあやかし達ともうまくやれていると思うし、自分の成長を感じる。三月にはお化け屋敷に入ったら三秒で叫んで五秒で泣いていた俺が、まさかリアルあやかしと触れ合って笑えるようになるなんて！　すさまじい成長じゃないか。このまま湯季先輩のもとで稽古に励んでゆけば、ゆくゆくは何事にも動じない男になるのも夢じゃないかもしれない。

とにかく、あやかしだって、人と同じように心のある存在なんだ。俺はもうけして、あやかしに怖がって泣くなんて情けないことはしないぞ。そう、俺は脱・びびりをし、落ち着いた大人の男になるのだ。

「おい。ここでは格別にうまい茶が飲めるそうだが、本当か？」

胸の内に決意を燃やし拳を握っていると、背後から初めて聞く声で話しかけられた。

また魔法陣もどきから新しいあやかしが出てきたようだ。一瞬ドキッとしたが、落ち着いた男である俺は、慌てず騒がず、笑顔で振り向く。

「ああ、初めてのあやかしかな？　よく来ひゃぎゃあああああああああ」

落ち着きや余裕といったものは一瞬にして消し飛び、俺はホラー映画のＣＭ起用も夢じゃないような見事な悲鳴を上げる。

「なんだ、貴様は。急に奇声を上げおって」

「すっすみませんすみません！　失礼でしたよね！　失礼しました！　二度と失礼しませんお許しください！」

成長とは一体なんだったのか。俺は先月に逆戻りしたかのように情けなく震える。

だが今俺の目の前にいるあやかしには、それだけの——思わず跪《ひざまず》きたくなってしまうほどの、迫力があった。

まず大きい。とにかく体が巨大で、俺だって人間としては別にすごいチビってほどじゃないのに、完全に見下されている。そして全身の皮膚は炭を塗りたくったかのように黒い。

腕も脚も丸太のように太く筋肉隆々な、雄々《おお》しい体。服代わりに纏っている毛皮は、獣を自ら狩って剝《は》いだんじゃないかという野生みがある。また、左の二の腕部分には、お洒落《しゃれ》なのかはたまた別の意味があるのか、血で染めたような真っ赤な布が巻かれていた。黒い体と鮮血のような赤の組み合わせは、妙に強烈な印象だ。

顔は鬼のようだし、頭には天井《てんじょう》を貫きそうな二本角《つの》。これでもか、と言わんばかりに威圧感を与える要素のオンパレード。

いや、わかっている。人もあやかしも、外見で判断しちゃいけない。話してみれば、きっといい奴なはずだ。警戒する必要なんてない。恐怖心を捨てろ、俺。

「騒々しい。おい人間、あまり私をイライラさせるな。食うぞ」

中身も怖そうだった！

「た、食べないでください！　俺とか多分おいしくないんで！　湯季先輩……のお茶のほうがずっとおいしいんで！」

「三軒、落ち着きなよ。あと今微妙に俺を売ろうとしなかった？」

「気のせいです」

湯季先輩は、少しも俺のように泣いたり震えたりすることはなく、ごくいつも通りに、初めて見るあやかしと向かい合う。

「はじめまして、俺は湯季千里。この学校の茶道部部長で、よくあやかし達にお茶を点てています。あなたと会うのは初めてですが、よかったらこれから一緒に……」

「人間のような下等種のことなど、どうでもいい」

湯季先輩が話している途中で、すぱりと切り捨てるように、あやかしは冷たい声で言う。

「それより、とっとと茶を出せ。私は、ここで飲める茶は格別だと聞いて、来てやったんだ」

横柄《おうへい》な態度、乱暴な口調。俺の苦手の塊《かたまり》だ。このあやかしが息をするだけでビクビク肩が跳ねてしまうくらいだが、湯季先輩は笑顔を崩さず、困った様子一つ見せない。

「はは、そう焦ることはないでしょう。お茶とお菓子をおいしくいただくには、そのための所作というものがあります。よかったらあなたも、皆と一緒に稽古をしませんか？」

「稽古？　よくわからんが面倒そうだ。なぜ、この私がそんなことをしなくてはならない？」

「あはは、そう言わずに。確かに最初は窮屈《きゅうくつ》に感じるかもしれませんが、茶の湯というのは奥が深く、学べば学ぶほど、引き込まれてゆきますよ」

にっこりと微笑む湯季先輩。対極的に、鬼のようなあやかしは眉間《みけん》に皺《しわ》を寄せている。ただでさえ迫力のある顔に一段と磨《みが》きがかかり、俺はそろそろ立ったまま気絶ができそうだ。今でも気を緩めたら即《そく》、意識を失えるだろう。

ちなみに他のあやかし達は、ハラハラと遠巻きに二人の様子を見守っている。どうやら同じあやかしでも、この彼は皆も怖いらしい。

「この私が、わざわざここまで来てやったのだぞ。なのに茶の一杯も出せないと言うのか」

「出せないなんて言っていませんよ。おいしく味わってもらうために、所作を覚えてもらったほうがいいと言っているんです」

「ふん、くだらん。飲み物など、好きなように飲めばいいだろう」

「そう切り捨ててしまうのはもったいないことです。まずは一度、あなたもやってみてはいかがですか」

「…………」

気絶しそうなのをなんとか堪えつつ、二人のやりとりを見守る。一秒一秒がいやに長く感じられた。だって相手はどんな力を秘めているのかわからない超常的存在で、かたや湯季先輩は、どんなに落ち着きのあるすごい人であっても、ただの人間。

もし本気であやかしが湯季先輩を害そうとしたら、湯季先輩に勝ち目はないはず。

……もし、俺に言った「食うぞ」という言葉が冗談じゃなかったとしたら、湯季先輩のことだって、口からのぞく鋭い牙《きば》で――

「……面白い」

しかし俺の心配と裏腹《うらはら》に、あやかしは、笑った。

ただし、けして穏やかな笑みではない。獲物を前にした肉食獣のような、舌舐《したな》めずりが似合う不穏な笑みだ。

「そこまで言うのであれば、稽古とやらをしてやろうではないか。私が所作を覚えたときは、茶を出してもらうぞ。ただし」

きらりと、目が愉悦《ゆえつ》に光る。

「もし、おまえの出す茶が、私の満足できるものでなかったら。おまえを頭から食ってしまうぞ」

炉から風炉になった季節。春から夏へと移り変わってゆく、温暖な時期。

だというのに、今の室内には、氷が張るような空気の冷たさがあった。そのくらい、このあやかしが放つ威圧感は、半端じゃない。

「いいですよ」

それでもなお、湯季先輩はまっすぐにあやかしを見て、少しの淀みもなく告げる。

「俺は、あなたにお茶をいただくための所作をお教えします。あなたがちゃんと稽古したなら、精一杯のおもてなしをすると誓いましょう」

そう――湯季先輩がそう言ったところまでは、朧《おぼろ》げながら覚えている。

なぜ朧げかというと。俺はそのすぐ後、張り詰めて破裂寸前だった風船から一気に空気が抜け萎《しぼ》むように、とうとう気を失ったからだ。


「……三軒。三軒、大丈夫？」

目を覚ますと、茶室の天井と湯季先輩の顔が目に入った。どうやら俺は畳の上に仰向けになっているようだ。

「え、俺、何してたんだっけ……あ！　もしかして、今のって夢ですか⁉」

「今のってどれのこと？　初めてのあやかしが来て、三軒がそれに怯えまくっていたこと？　その後三軒が気絶したこと？　あやかしの皆にはもう帰ってもらって、今まで俺一人で君を介抱《かいほう》していたこと？」

「ああはい夢じゃなかったんですね誠に申し訳ございませんでした」

「はは、謝らなくていいよ。今回は、向こうのあやかしに敵意があったからね。怖がっても仕方ない」

「そう言うわりには、湯季先輩は全然怖がってなかったですが……ってそうだ！　大丈夫だったんですか、先輩」

「大丈夫って、何が？　まあ、今まで気を失っていた君よりは大丈夫だと思うけど」

「あの、あやかしのことですよ。先輩の出すお茶に満足できなかったら食う、とか言ってましたけど……」

　今湯季先輩が生きているということは、とりあえず無事だったんだろうが、何がどうなったのか気になる。俺は体を起こし、正座して湯季先輩と向き合った。

「ああ、あれか。一週間後、点前をすることになった」

「は⁉　どういうことです⁉」

　ていうかまた一週間か。そりゃあ、三日とか四日とかより区切りがいいのかもしれないけどさ。

「どういうことも何も、そのまま。一週間後の夜、俺がお茶を点てて、あのあやかしに飲んでもらう。それまで、あのあやかしには毎日茶室に来てもらって、俺がお茶をいただくときの所作を教える。

本当なら、稽古であってもちゃんとお茶を味わってもらいたいところだけど。あのあやかし、『それでは賭《か》けにならないからな。本番は一週間後だ』ってことで、稽古中はお茶じゃなくお湯でやってもらうことになった」

「い、いやいや、ちょっと待ってください。なんでそんな落ち着いてるんです。それって一週間後、もしかしたら先輩、食われちゃうかもしれないってことじゃないですか。命が惜しくないんですか。そりゃ、湯季先輩のお茶はおいしいですが……」

お茶のことにまったく詳しくない俺でもわかるほど、湯季先輩のお茶は、特別だと思わせる何かがある。同じ、茶に湯を入れて茶筅で混ぜるということをしているのに、俺が点てるものとはまったく違う。なぜこんなにも違うのか不思議なくらいだ。

「でも味って結局は主観だし、種族が違えば味覚も違うかもしれないし。そもそも、あのあやかしがおいしいと思ったところで、意地を張って『まずい』って難癖《なんくせ》つけたら、それで終わりじゃないですか」

「あはは。それもそうだね」

「笑いごとじゃないでしょう。食われそうになったら、どうするつもりなんです」

「ふむ。う～ん、そうだな……」

湯季先輩は顎の下に手を当て、しばし考える。

「まあ、そのときはそのときだ。あはは」

からっと笑われ、あまりの呑気さに脱力する。

「俺が臆病すぎというのはありますけど。それを除いても、湯季先輩は焦らなさすぎだと思います」

「じゃあ足して二で割ったらちょうどよくなるから、いいんじゃないか」

これは鷹揚と言うべきなのか、危機感が足りないと言うべきなのか。

どうして、そんなふうに余裕でいられるんだ。自分の点てるお茶に自信があるからか？　それとも、食うというのは単なる脅しで、あのあやかしはそんなことはしないと信じている、とか？　それで本当に、怖くないのか。俺なら多分怖くて死ねる。

——怖い、と、警戒してしまうことは。悪いことなのか？

ふと、そんなふうに思った。

俺と玖狸のときは、玖狸のほうに悪意も敵意も何もなかった。だから、あやかしだというだけで偏見《へんけん》を持ち拒絶した俺が悪かったと思っている。

けど今回は、それとは違う。相手に明確な攻撃性がある。「気に入らなかったら食べる」と明言しているんだから。そんな相手にも、優しく接しないといけないものだろうか。相手がそんな態度なら、防衛本能の一環として、恐怖心、警戒心を抱くほうが普通じゃないのか。

どうして湯季先輩は、あやかしにも笑顔を向けるんだろう。——なんのために。なんの意味があって。

この疑問は前々から気になっていたことだ。けど聞いてもまたはぐらかされてしまうだけなんだろう。先月の稽古中、誤魔化されたように。

「どうした三軒、そんなに俺の顔をじっと見て。俺の顔に何かついているかい?」

「強いて言うなら、なんでいつでもそんなに穏やかでいられるのか、不思議なくらいの笑顔が貼《は》りついていますけど」

「はは。貼りついているなんて。そんな粘着力の高いものじゃないよ」

軽い冗談のつもりだったので、湯季先輩も同じように、軽く返してきたんだと思った。だけど次の言葉は妙に俺の中に残った。それこそ、貼りつくかのように。

「剝がれないように、これでも結構、気をつけているつもりだからね」


「そこ、待って。懐紙《かいし》を出すのは、菓子鉢《かしばち》をおしいただいてからだ」

「ええい、いちいちうるさい! 口出しするな!」

夕方過ぎの茶室。湯季先輩があのあやかしに作法を教えることになって、今日で三日目だ。

湯季先輩はあのあやかし——名前は鬼更《きさら》と言うらしい——に怒鳴られても臆《おく》することなく、俺に教えたときと同じ笑顔のスパルタ指導をしている。そのたびに鬼更は苛《いら》立《だ》ち、俺は傍《そば》で見ているだけとはいえ、そろそろ心臓を口から吐きそうだ。

「はは。口を出さないと、教えられないからなあ。所作なんて一週間あれば覚えられると、君、最初の稽古のときに言っていたよな？　もう三日目だぞ」

「覚えられるに決まっているだろう！　ただ、貴様が横からうるさく言うから集中できないだけだ！　私は悪くない！」

「あはは、そうかっかするなって。ほら笑顔、笑顔」

しかし、どれだけ鬼更が怒っても湯季先輩はさらりと受け流すので、意外といいコンビ……なのか？　自然と口調もラフなものになっているし。

離れたところから二人を見守っていると、玖狸がてててっと寄ってきた。

「三軒、今日もビクビク。大丈夫？」

「ああ玖狸、ああありがとう。俺はだだだだだ大丈夫だ」

「駄目そう」

駄目です。

「湯季先輩はすげえよなあ……。どうしてあれで笑ってられるんだろ」

「ん。わたしも、鬼吏は、ちょっと苦手」

「そうなのか。同じあやかしであっても、鬼吏ってとっつきにくいの？」

俺と玖狸は声を抑え、彼には聞こえないようひそひそと喋る。

「ん。鬼吏と仲良くできる子、いない。鬼吏、いつも、独り」

「え、ぼっち？　ぼっちなの？　それはちょっとかわいそうなような……」

「でも、鬼吏、いじめっこ。だから、しょうがない」

「あー……あやかし相手でもああいう感じなのかー……」

人間のような下等種とか言っていたのだから、見下しているのは人間だけかとも思ったのだが、そうじゃないらしい。

「それに鬼吏、強い。本気、なったら、皆やられちゃう。だから皆、近寄らない」

「やっぱあいつ、あやかしの中でも強いのか」

玖狸はこくこく頷く。外見からして、玖狸達とは比べものにならない迫力があるので、鬼吏が強いのは意外じゃない。けどあらためて聞くとぞっとする。同じあやかしである玖狸達に手も足も出せないのなら、俺なんてひとたまりもないだろう。

「でも、あやかしの『強い』って何が基準なんだ？　単純な腕力か？　それとも……」

「鬼吏は、腕力も強い。でも、あやかしの強さ、決めるのは、術を使う力。どんな術が得意かは、あやかしによって違うけど。わたしみたいな狸だったら、変化。……鬼吏は、攻撃の術ばっかり得意。逆らったら、酷《ひど》い目に遭《あ》わされる。だから最近、怖がって、他の皆、来ない」

確かに。俺は湯季先輩と鬼吏のことが気になって、ビクビクしつつも毎日二人の稽古を見ているわけだが、この三日間、鬼吏と玖狸以外のあやかしを見ていない。

「ちなみに玖狸、おまえは怖くないの？」

「怖くない、わけじゃない。でも三軒に会いたい。だから来てる」

「ふぐ」

想定外のどストレートを投げ込まれ、やはり変な声が出る。

「な、なんで玖狸はそうやって直球なんだ。照れとかそういうの、ないのか？」

「なくは、ない。でも、言いたいとき、言っておくのがいい。だって」

照れくささでそわそわしている俺と対照的に、玖狸はじっと俺を見たまま動かない。

「人間と、一緒にいられる時間、短いから」

俺が目の前にいるのに、まるで独り言のように零された言葉に、ズキンと胸が疼《うず》く。

俺はあやかしのことをまったく知らない。けれど、皆の寿命は人間とは異なるのだとは、なんとなくわかる。

きっとあやかし達は俺よりずっと長寿で、俺の寿命なんか、玖狸からしたら一瞬みたいなものなのかもしれない。

「玖狸……」

無意識のうちに、俺は玖狸に手を伸ばしていた。消えてしまいそうな虹《にじ》に触れるように、玖狸の頭を撫で――

「ええい、いい加減にしろ！」

……る間もなく、俺の心臓は今日も元気にハイジャンプする。

「ひい、何⁉　すみませんすみません！」

「三軒、落ち着いて。怒鳴られたのは、湯季」

一瞬にして頭を守るような体勢で蹲《うずくま》った俺に、玖狸が冷静に言った。

振り向いて鬼吏の様子を窺えば、彼はふるふると肩を震わせ、刃物を思わせる鋭い眼光で湯季先輩を睨みつけていた。なお、震えているのは俺のように臆病だからじゃあない。……怒りで、震えているようだ。

「なぜ私が、人間ごときに、いちいち口出しされなければならない？　茶を飲む前に茶碗を回すだとか、くだらん」

どうやら鬼吏は、稽古に耐えられなくなり、とうとう苛立ちを爆破させた様子。

「茶碗なんて、回しても回さなくても、どうでもいいだろう。なぜわざわざ回す必要があるのだ、面倒な！」

荒々しい言葉とともに、鬼吏は湯の入った茶碗を手で弾き倒した。稽古用の丈夫なものなので割れはしなかったが、繊細と書いてびびりと読む俺はひぎゃあっと悲鳴を上げる。

「……おい」

――すうっと、空気が冷える感覚。

これまで稽古のとき、俺やあやかしがどんなに未熟でも根気よく付き合ってくれた湯季先輩が、初めて静かな怒りを滲ませた。

「いくらなんでも、今のは見逃せない。茶道において道具はとても大切なものだ。練習用であっても、ぞんざいに扱うことは、けして許されない。……謝罪があるのなら、聞くけど」

「ふざけるな、なぜ私が謝らなくてはならない？　私は悪くない。なぜ人間の、茶を飲む作法というのは、こんなに面倒なのだ。貴様から、学べば引き込まれると聞いたときは、面白そうとも思った。だが実際にやってみたらどうだ。ちまちましたどうでもいい決まりごとばかり。やっていられるか！」

「どうでもよくなんて、ない。茶道の所作には、ちゃんと意味がある。それを考えようともせず投げ出すなんて、とてももったいないことだ」

「意味がある？　なら聞いてやろうではないか。茶を飲むのに、なぜ茶碗を回す必要がある。それで茶の味が変わるわけでもあるまいし、馬鹿馬鹿しい」

「それは、」

ふっと、湯季先輩はまた笑みを浮かべる。どこまでも、穏やかに。

「自分で考えるといい」

――ドン、と激しい音がした。

一瞬だったので何が起きたかよくわからなかったが、湯季先輩が壁に背をついている。鬼吏に吹っ飛ばされたのだ。

「――貴様。図に乗るな」

体の奥底まで、冷たく響く声。言われたわけではない俺まで震え上がってしまう。

ふらりと上体が倒れそうになったのを、玖狸が支えてくれた。「気絶したら、駄目」とはたかれる。しかし、そんな玖狸の声も若干《じゃっかん》震えている。

それだけの――この場を支配する、無条件にひれ伏して許しを請《こ》いたくなる威圧感が、鬼更から発せられている。

「人間ごときが。所詮《しょせん》なんの力もない、脆弱《ぜいじゃく》な存在の分際で」

殺気とともに、鬼更の腕が変化してゆく。

ただでさえ大きい彼の腕は、更に膨《ふく》れ上がるように質量を増す。そして、ビキビキと音を立て、硬質《こうしつ》に。まるで鋼《はがね》の大木のような、鬼の手と化す。

鬼更はその手で、湯季先輩の体を、壁にめり込ませんばかりに押さえつける。

いくらなんでも、さすがに苦しいのだろう。湯季先輩は小さな呻き声を漏《も》らした。

しかし、それでも彼は、笑みを絶やさない。

鬼更は湯季先輩に顔を近づけると、鋭い牙を見せつけるように、大きな口を開く。

「忘れるな。私は、その気になれば貴様ごとき、いつでも消せる。これまでは、一時の気まぐれで付き合ってやっただけだ」

凶器のような牙が湯季先輩の眼前に突きつけられる。

「このまま、今、貴様を食ってもいいのだぞ」

「ははは、短気だな。どうせ食べるなら、お茶を飲んでからでも遅くないだろうに」

「何を呑気に笑っている。――なぜ、貴様はいつも笑顔なのだ」

「君こそ、どうしていつも怒っているんだ？　そんなふうにピリピリした中で何かを飲食して、おいしくいただけるのかい」

「黙れ。貴様には関係のないことだ」

答えようとする気すら窺えない鬼更を、湯季先輩は見つめる。じっと、その両眼で、何かを見定めるかのように。

「……君が、お茶を飲もうと思った理由」

磨き抜かれた黒曜石のような目。相手の心を映す、鏡のようにも見えてくる。

「うまいって聞いたから、だけじゃなく。……何か、別にある？」

鬼更の顔に、確かな動揺が走った。怯えて半ばパニックになっている俺にすら、はっきりわかるほどの。

湯季先輩の視線が、鬼更の顔から、彼が腕に巻いている赤い布まで下がる。——ただのファッションとも違く思える、何かを隠すかのような布。

「うるさい……うるさい！　貴様には関係ない。私のことに、口出しするな！」

「はは、聞いてほしくないか。なら詮索《せんさく》しないよ。誰だって、触れられたくないことの一つや二つ、抱えているものだからね」

湯季先輩はにこにこと笑ったまま。彼の表情だけを見ていると、鬼更の手で抑え込まれている目の前の光景が嘘のように見えてくる。そのくらい、いつも通りの笑顔だから。この状況なら本来圧倒的優位なはずの鬼吏のほうが、困惑しているほどだ。

「なんなんだ、貴様は……何を考えている。この状況ですら、私に怯えないとは。貴様は頭がおかしいのか」

「何を考えているか、か。俺はいつだって、心を尽くしたお茶を点てたいと思っている。それだけだ」

「…………」

湯季先輩と鬼吏は、向かい合ったまま動かない。正確には、湯季先輩は鬼吏の巨大な手で壁に押し付けられており、動けないわけだが。

だけど湯季先輩は、自由の身だったとしても、きっと鬼吏と向かい合ったまま動かなかったと思う。逃げ出す気も、目を逸《そ》らす気も、少しもないのだ。

もはや勇気があるとか堂々としているというより、狂人のようにも見えた。自分の命が危険に晒《さら》されているこんな状況でも、動じず笑顔でいられるなんて。

そのまま、二人はどれくらい見つめ合っていただろう。湯季先輩と鬼吏が微動だにしなかったように、俺も動けなかった。

「……チッ」

長い、長い沈黙の後、鬼吏は舌打ちを一つ。

そして湯季先輩から手をどかし、腕を元の大きさに戻して彼から離れた。

「……貴様を食うのはいつでもできる。茶を飲んでからでも、遅くはない」

殺気が引いてゆくのがわかる。俺の口から、ほおーっと長い息が漏れた。ひとまず湯季先輩の危機は去ったという、安堵《あんど》の息。

もっとも、鬼吏がお茶を飲んで納得しなければ、湯季先輩が食われるという危険は変わらないんだけども。

「仕方がないから、また稽古をつけられてやる。とっとと教えろ。面倒くさくなく、わかりやすくな」

ふんと、鬼吏はあくまで傲慢《ごうまん》に鼻を鳴らす。

「はは。その前に、茶碗をわざと倒したことについて、何か言うことがあるだろ？」

乱暴に壁に押し付けられたことでの制服の乱れを正しつつ、湯季先輩は笑顔のまま言った。せっかく解放されたのにまた鬼吏の怒りをぶり返すことを言うのかよ、と俺は内心で悲鳴を上げつつ、恐る恐る鬼吏の様子を窺う。

けれど鬼吏は、今はその目に怒りを滾《たぎ》らせてはいない。ただ不可解なものを見る視線を、湯季先輩に向けている。

「……貴様は、本当におかしな人間だな。ここまでしてもなお、私に意見するとは」

「おかしい？　あはは、そんなことはないだろう。少し揺さぶりをかけられたくらいで意見を曲げるなんて、そのほうがおかしいじゃないか」

その言葉に、鬼吏は数度瞬きをした。それから大きなため息を落とす。

「いや。やはり貴様はおかしい。あやかしですら、貴様のような奴はなかなかいない」

「そうかな。なるほど、俺は希少ということか。それはそれは」

「おい、言っておくが褒めていないぞ。呆れたんだ」

「それで、茶碗については？」

にっこりと、笑顔の中にも、相手に反省を促す厳しさを感じる。いつも笑っている人だが、一種類じゃなく、いろんな笑顔を持っている人だ。

にしてもこの人、自分が痛めつけられたことには何も言わず、あくまで茶碗を倒したことを注意しているんだよな。湯季先輩らしいと言うべきか。

「……仕方がない。貴様のどうしようもない愚《おろ》かさに免じて、今日だけは、この私が特別に謝罪をしてやろう」

謝罪と言いつつ、鬼吏はふんぞり返って偉そうに湯季先輩を見下ろす。

「茶碗を倒して、すまなかった。反省してやらんこともない。……これでいいか」

「いいか、って聞かれたらよくはないけどね。まあ、それが今の君の精一杯だというのなら、これ以上はどうしようもない」

「おい、なんだその態度は！　せっかくこの私が謝ってやったというのに……」

「はいはい。さ、稽古を続けようか」

「貴様！　私の話を最後まで聞かんか！　私は、貴様を認めたわけではないぞ！」

何をしても言っても暖簾《のれん》に腕押《うでお》しな湯季先輩に、鬼吏のほうが調子を乱され、怒ってばかりだ。やいやいと文句を言いつつも、鬼吏は湯季先輩のペースに巻き込まれている。

「はは。ああ、三軒と玖狸も、そんな隅っこにいないで、一緒に稽古をしないか？」

俺達の存在を忘れていなかったらしい湯季先輩は、にこにことこちらに声をかけてくる。

「いえ。俺は、今はやめておきます。お邪魔になりそうですし」

「遠慮することはないんだよ？　三軒にも、まだまだ教えたいことがたくさんあるし」

「はい、また後で教わりたいです。……でも今は」

「？」

「……ちょっと、腰が抜けたみたいで。しばらく立てそうにないです」

湯季先輩と玖狸は、無言でなんとも言えない視線を送ってきた。なんだろう、この「なんで実際に絞《し》められた当人じゃなく、おまえのほうが怖がってんねん」と言わんばかりの、慈愛《じあい》に満ちた哀れみは。

「いやいや、なんと今日は気絶しなかったんですよ？　これはすごい進歩だと思いませんか。俺は今、自分で自分の成長を実感しています」

「威張《いば》れることじゃないからね」

俺としては快挙なのだが、胸を張れることではないらしい。残念だ。

「それにしても三軒、君もよくやるよね」

放課後だが、まだ空の青い時間。湯季先輩がそう言った。

今日はというか今日もというか、「普通の」部活動はない。そしてあやかしは本来夜行性。鬼吏はもう少し後にならないと来ないので、俺と湯季先輩は泡沫亭の中の掃除をしている。

「よくやるって、何がですか？」

「稽古の見学の話。気絶したり腰を抜かしたり、それでも君は、ここへ来るのをやめないんだなと思って」

「いや、そりゃあまあ昨夜も腰が抜けましたが。でも俺は日々進歩してるんですよ。昨日は三十分くらい立てなくなりましたが、次はきっと二十五分程度ですむはずです」

「腰が抜けなくなる、とは言わないんだね」

湯季先輩は箒《ほうき》を、俺ははたきを動かす手を止めないまま、話を続ける。

「別に三軒まで毎日付き合う必要はないんだよ。君は鬼吏のことが怖いんだろう」

「それは……」

「前も言ったけど、今回は仕方ないと思う。特に昨夜は鬼吏、俺のこと本気で食おうとしたみたいだし。君、よく泣かなかったね」

「食われそうになった当人でありながら平然としてた人に言われたくないですけど……。それに俺は、泣かなかったんじゃありません。泣き叫ぶ余裕すらなかったんです」

「堂々と言うことかな」

「正直は美徳《びとく》でしょう」

「怖いなら、無理をすることはないよ。玖狸達に関しては、害がないと言うことができたけど。鬼吏の場合は、まったく危険がないとは言い切れないし」

「うーん、でもここまで来た以上、鬼吏がどうなるのか気になりますし。……それに、見てないほうがもっと怖いんですよ」

「見てないほうが、怖い？」

「だってここに来なかったら来なかったで、湯季先輩大丈夫なんかな、食われてねえかなって、ずっと考えちゃうと思うんです。次の日姿見るまで安心できなくて、眠れないんじゃないかと」

　採血のときとか、じっと腕を見ずにはいられないのと同じだ。怖いからこそ、目が離せない。「未知への恐怖」と同じかもしれない。自分が知らないものは怖いから、知っておいたほうが、怖くない。

「俺、そういうストレスにめちゃくちゃ弱いもんで。だから鬼更との稽古は、無理ない程度に見学させてもらいたいですけど。……ああ、そういえば」

　昨日のことを思い出し、ふと一つの疑問が口から出る。

「湯季先輩。茶碗を回す意味、なんで鬼更に教えてあげないんですか？」

　茶道で、茶碗を回す理由。それなら俺は、最初のうちに湯季先輩から聞いている。

「三軒。鬼更に、茶碗を回す意味について普通に教えたら、なんて言うと思う？」

「え？　鬼更なら……。……『くだらん』」

「うん、俺もそう思う。意味を知って、受け入れられるならいいんだけど、鬼更の場合は一蹴《いっしゅう》して終わりそうだからね。……鬼更には、自分で考えて、辿り着いてもらえたらいいなと思って。

三軒の『和敬清寂』のとき言ったけど、なんでもかんでも教わるだけじゃ、つまらないという面もあるしね。自分で考えて答えに至ったほうが、確実に自分のものになると思わないか？」

「一理あるかもしれませんが……」

しかし鬼更が、意味を理解できていない稽古に苛立っていることも事実だろう。

「茶道って、最初は結構、不思議に思えることも多いですよね。実は俺、初めのうちは、点前中に道具を帛紗で清めることも、なんでこんなことするのかなって思ってました。別に道具が汚れてるわけでもないのに、拭く意味あるのかなって」

「そうだね。道具はもともと水屋での準備で清潔にしていて、汚れが残っていたりはしないわけだ。それでも点前中に道具を清める理由は……この前皆の前でお茶を点ててみて、なんとなくわかったんじゃないか？」

「あー……道具を清めていると、お茶を点てるのに向けて、心の準備ができる気がしますよね」

「そう。点前中には、道具とともに自分自身の心を清めるんだ。それに客の側としては、道具が清められるのを見ることによって清浄さを感じられたり、安心してお茶を飲めたりする。客だって、心を整えておくことは大切だからね。

茶の湯は、亭主だけでも客だけでも成り立たない。双方が心を尽くし作り上げられる。亭主と客が一体となって心の通った茶会となることを『一座《いちざ》建立《こんりゅう》』といって、茶道において大事なことなんだ」

「……なるほど」

亭主と、客。おもてなしをする側だけでなく、される側の心も大切なのか。

お互いに敬意を持つこと。それは他者との交流の上で、当たり前でいて、難しいことだ。

……とはいえ、それが「当たり前」なのは、一般的には人間同士の場合だと思う。

「湯季先輩は最初から、あやかしに対しても、そんなふうに接することができていたんですか」

人間同士であっても難しいことなのに。知らない世界からやって来るあやかしを、どうして尊ぶことができたんだろう。

俺の場合は、湯季先輩の存在が俺とあやかしを繋いでくれたし、玖狸の過去を、夢のような形で体験した。だからこそ、相手も同じ心ある存在だと実感できた。

じゃあ湯季先輩の場合、きっかけはなんだったんだろう。

「話したくないなら、いいんですが」

どこまで踏み込んで聞いていいのか、境界線がわからない。湯季先輩はあまり自分の過去を話したがらないとはわかっている。突き放すような拒絶があるわけじゃないけれど、やんわりと遠ざけられるような。

「話したくないというか、聞いてもつまらない話だと思うけど」

「面白がるために聞きたいわけじゃないですよ。純粋に気になっているだけです」

「そんなに気になることかな？　俺はただ、ちょっとあやかし達にお茶を点てているだけの、ごく普通の高校生なんだけどな」

「知ってます？　あやかしに接してるだけで普通という概念からは外れるんですよ。普通の感覚としては」

「そう？　そんな些細《ささい》な要素で崩れてしまうなんて、普通って儚《はかな》いね」

「あやかしってのは些細じゃないんです。普通の感覚としては」

「ふむ。それじゃあ、そんな些細じゃないあやかし達に関わっている三軒も、普通とは遠く離れた変人ということだ。普通の感覚としては」

「そうですね。俺は変人です。湯季先輩は変人王です。普通の感覚としては」

「そうか、王様か。俺って偉い奴だったんだなあ。あはは」

笑顔でのらりくらりと話を逸らされている気がする。ようするに、はぐらかしてしまいたいんだろうな。

「いや別にいいですよ、話したくないなら。無理に話題逸らさなくても、普通に嫌だって言ってくれれば……」

「別に、話すけど？　話さないなんて言ってないだろ」

「えっ」

今のは完全にはぐらかされる流れだと思っていた。意外な言葉に、ぽかんと間抜けに口が開く。

「……怖くても、この茶道部員であり続けると決めてくれた君だ。そんな君が知りたがるのであれば、話しておこうかと思ってね。もっとも、本当に、面白くも何ともない話だけど」

湯季先輩は畳に正座し、視線で俺にも座るよう促《うなが》す。俺は、彼と向かい合って正座した。

「三軒。昨日は鬼吏に謝るように言ったけど、本当は俺、鬼吏の気持ち、よくわかるんだ」

「え？」

「茶道って、面倒くさくないか」

「え……ええ？」

いきなり何を言い出すんだ、この人。茶道部員としてあるまじき発言じゃないのか。

「だって、細かく決められた動きばかりで、不自由で、堅苦しい。お茶を飲むなら、わざわざ肩が凝るようなやり方しなくたって、適当に寛いで飲めばいいだろ」

語る声も笑顔も、間違いなく湯季先輩のもの。けれどその言動は、丁寧に俺やあやかし達にお茶について教えてくれるいつもの先輩とかけ離れていて、違和感がすごい。あやかし達に対してすらお茶を点てるくらいなんだから、湯季先輩は茶道が好きなはずじゃないのか。なのになぜ、こんな発言を？

強く疑問に思うと同時に、心の片隅で、僅かに安心していた。

この人は高校生で、俺より一つ年上なだけなんだよな、と。茶道部員としてはさっきの発言はどうかと思うけど、仙人のような雰囲気漂う湯季先輩も、やっぱりただの人間なんだなと今更ながら思った。

「じゃあ、なんで湯季先輩は茶道をやっているんですか」

「もともとは、茶道は、祖父から教わったものだった」

「へえ、おじいさんから」

「祖父は茶道を職業にしていたわけではないけれど……でも、入れ込み方はすごかったな。祖父は、茶道に傾倒していた」

「なるほど。じゃあ湯季先輩はおじいさんっ子で、茶道は苦手だけどおじいさんのために頑張っていたとか？」

「うん、全然違う」

「あれ」

「祖父に限らず、俺は自分の家が大嫌いだったよ」

湯季先輩は、一種類ではなく、いろんな笑顔を持っている人だ。そして今の笑顔は、どこか苦い。

「途端に重い話をして申し訳ないけど、俺はいわゆる愛人の子というやつでね。言ってくれていいよ、『わー昼ドラとかに出てくるお約束のやつだ』って。どうぞ」

「わー昼ドラとかに出てくるお約束のやつだ」

「惑わず従った君は大変素直でよろしい。俺の父は由緒正しい生まれだったんだけどね。父には本妻がいて、俺の母は愛人だったから、俺はずっと母と二人だけで暮らしていた。でも俺が小学生のとき、本妻が事故で亡くなった」

「……」

重い空気にしたくない様子だったので、なるべく空気を読んでノリよくいこうと思ったのだが。だんだん茶化《ちゃか》せない話になってくる。

「それで父は自分の家に、母と俺を迎えた」

「それ……は……」

「気まずいだろ。父の家がなまじ裕福だったから、使用人とかもいたし、親族も無駄に多かったし、とにかくいろんな人に冷たい目で見られたね。前妻が事故死だったから、俺の母がやったんじゃないかとか噂もされたし、実際に嫌がらせもされた」

極力飄々《ひょうひょう》と、軽く言おうとしているようだった。だが湯季先輩がどんな仕打ちを受けてきたのか、想像すると胸が痛い。

「そんな中で祖父は、俺に茶道を教えた。でも俺はそれが、『おまえは卑《いや》しい生まれだから、この家に相応しい教養をつけろ』と圧力をかけられているようで、とても嫌だった。茶道のよさも理解できなかった。まだ幼かったから、抹茶もただ苦いと思うばかりだったし、細かい所作は覚えられず大変だったし、足は痺れるし。ちっとも楽しいと思えなかったな。それに、祖父はとても厳しい性格だったから。俺が少し動きを間違えると、いつもくどくどと説教をしてきて。昔の俺には、鬱陶《うっとう》しい以外の何ものでもなかった。それでもずっと茶道を続けさせられて……。

　他の家族との間でもずっと窮屈な思いをしていたし、かといって、いい子ぶっていないと後々すごく面倒だし。そんなわけで表面上はなるべくおとなしくしていたけど、中学の頃は、裏でかなり荒れてた」

「荒れてたって、湯季先輩が？　ど、どんなふうに……」

「他校の生徒と喧嘩《けんか》したりとか。その他いろいろ」

「湯季先輩が!?」

　俺の中の湯季先輩像は、いつでも落ち着いていて、穏やかで、感情を爆発させたり、まして他者に手をあげるなんて絶対にしな――

「あ！　でも確かに前、蚊がいるとか確実な嘘で壁を蹴っ飛ばされたときは、すげえ怖かったです」

「はは、嘘だなんて心外だな。蚊だよ、蚊」

　いや嘘だろ。

「今はもう暴力なんてしない。それに言っておくけど、俺は人を殺したことはない」

「あの、それ、人間として本当に最低限の当たり前ですからね」

「ははは。いや、笑えないいな」

「……でも。じゃあ湯季先輩は、いつから茶道を好きになったんですか？」

「高校に入学する少し前に、祖父が亡くなった」

その言葉に、俺は口を閉ざす。

「苦手だったよ、ずっと、祖父のことは。和解なんて何もできないまま、ある日急に逝《い》ってしまった。かなりの高齢だったから、自然なことではあったんだけど。……なんだろう、うん、なんだろうな。今でもうまく言葉にはできないけど、苦手だった相手でも、突然いなくなられると、喪失感《そうしつかん》ってやつは忍び寄ってくるものなのかもな。それまでの俺なら、茶道部なんて絶対関わろうとしなかったんだけど」

「けど？」

「うちの学校、校則で部活動が義務づけられているだろ。必ず、何かしらの部には所属しなくちゃいけない」

「そうですね」

「俺は入りたい部なんてなかったし、活動日数が少なくて、さぼっても文句を言われなさそうな部活がよかった。だから——いや」

話しながら自分でも考えるように、湯季先輩は言葉を止める。

「言い訳かもしれないな。部活に入らないといけないから仕方なく、とかじゃなく。

祖父が亡くなったことで、何か思うところがあったのかもしれない。俺は、」

俺に話しているような、自身に語りかけているような。そんなふうに、彼は続ける。

「祖父があれほど愛した茶道が、本当にただ窮屈なだけのものなのか、知りたかったのかもな」

失って初めて、知ろうと思った。皮肉な話だ。

「とはいえ、人間は簡単に変われない。入部はしたけれど、最初は他の部員達にも馴染めず、やっぱり茶道のよさもわからなかった。……だけどある日、とある先輩に嵌《は》められて、部活のない日、一人で泡沫亭に足を踏み入れることになった。そこで」

「出会ったんですね、あやかし達に」

湯季先輩は、頷く。

「たくさんのあやかしが、茶室にいたよ。最初、何事かわからなくて、さすがに混乱したな。三軒みたいに上級生の悪ふざけを疑った。だけど特殊メイクや着ぐるみにしてはリアルすぎるし、大きさもおかしいし。わけわかんねえと思ってる間にも、あやかし達は茶が飲みたいって皆でせがんできて。勢いに流されるように、仕方なく茶を点てることになった」

「……ちなみに、怖いとか不気味とか、そういうことは、湯季先輩は思わなかったんですか？」

「キーキーうるせえなとは思っても、恐ろしさは、俺は感じなかった。半分くらい夢かとも思っていたし」

聞きながら、不思議な感じがした。湯季先輩が今語っていることは、この場所で、ほんの一年くらい前に起きたことのはずだ。けれどそのときの様子を思い描こうとしても、俺は荒れていたという湯季先輩をよく知らないから、うまく想像できない。さっきから言葉に乱れが生じていて、片鱗《へんりん》は見えていると思うのだが。

「はっきり言って、乱暴な点前だったよ。祖父に厳しく稽古されたから、所作は身についていたけど、そのとき、あやかし達に敬意なんてなかった。なんなんだこいつらと思うばかりで、本当に形だけの点前だった。でも、あいつらは」

声に別の色が混じる。後悔ばかりの過去を紡ぐ渇いた声に、微《かす》かな、潤《うるお》いが。

「笑ったんだ。皆、俺の茶を飲んで、笑ってくれた」

――ああ。その気持ちならわかる気がする。

脳裏に、玖狸やあやかし達の顔が過った。ほわっと和らぐ表情。三日月のように細まった目。朱に染まり、緩む頰《ほお》。それをもたらしたのが自分なのだと思えば尚更《なおさら》。体の奥から、どうしようもない温かさが込み上げてくる。

「思えば、自分の手で誰かを笑顔にしたのなんて、初めてだった。俺は誰かを傷つけてばかりだったし、誰かのために何かしようなんて、思ったことすらなかった。そんなろくでもない奴の点てた茶を飲んで、皆『あったかい』って笑うんだ。馬鹿だろ。馬鹿だ、馬鹿すぎる、って、思ったらなんか」

言葉はそこで止まった。

俺は黙って続きを待ったけれど、湯季先輩は唇を結んでしまっていた。恥ずかしかったのか、言葉にしたらまた溢れてしまいそうだから、語れなかったのか。

多分、湯季先輩は、そのとき泣いたんだ。

——自分のことが好きじゃないと。誰かに受け入れてもらえたとき、その熱は、苦しいほど染みるから。

笑ってもらえたら、泣きたくなってしまうんだ。

「……と、まあ、こんなところだ。俺が、あやかし達のためにお茶を点てるようになった理由」

そろそろ自分の過去語りが気まずくなってきたのか、湯季先輩は立ち上がる。

「茶道は確かに、細かい決まりごとが多い。けど、その一つ一つに、形だけじゃない『心』が入るんだと。あやかし達と出会ったことで——お茶を通して、心は通じ合えるんだと知った。

　祖父は厳しい人だった。だけど意味もなく俺を罵倒《ばとう》したり暴力をふるったりしたことは、そういえば一度もなかった。きっと祖父は茶道を通して、互いに敬意を持つことの大切さを、ずっと教えようとしてくれていた。俺が、気づけなかっただけで。そして、気づいたときには、もう祖父はいなくて」

　表情を見られたくないのだろうか、湯季先輩は俺に背を向ける。

「だから俺は、心を尽くしたお茶を点てたい。相手が人間であっても、あやかしであっても。どんな出会いであろうと、大事にすると決めたんだ。別れを後悔しないために」

「…………」

「はい、以上。つまらない語りに付き合わせて悪かったね。まだ鬼更や玖狸が来るまでには時間があるし、お茶でも飲もうか？　稽古も兼ねて」

「…………」

「三軒？」

「…………」

「どうした。まさか、また気絶してるわけじゃないだろ？　今、気絶する要素なんてなかったし……」

反応のない俺を不思議に思った湯季先輩が振り返り、顔を覗き込んでくる。そして、さすがにぎょっと一時停止する。

「うぅ……」

「え、なんで泣いてる？」

「い、いや、その」

ずずーっと洟《はな》をすするも、目から流れ出るものは止められない。

「湯季先輩は、すげえいろんなことがあった上で、それでも今ちゃんと笑ってて、あやかし達との時間を大切にしてて。うまく言えないけど、そう思ったらなんか、涙腺《るいせん》が猛烈に仕事を始めてですね」

俺の涙腺は働き者だ。仕事が好き。社畜《しゃちく》すぎて過労死しないか心配なレベル。と、必死で馬鹿なことを考え涙を止めようとしても、効果は虚しく、次から次へととめどなく溢れてくる。

「……そんなふうに泣いてもらえるほど、いいもんじゃない」

湯季先輩は、珍しく困惑した顔だ。

「今の俺は先輩として、君にできるだけのことをしたいと思っている。けど俺は、何度も言うけど、本当は他人に偉そうに何かを教えたり、説いたりできるような立派な人間じゃない。俺は、ひどく未熟者だから。

今の俺は、そうありたいと願う自分を演じているだけだ。——俺も、変わりたいと思っていて、変わろうとしている途中なんだ」

「……変わりたいと願って、実際に変わるため行動を起こせているなら、それは充分すげえと思いますけど」

「なら君もだろ。臆病な自分から、変わりたいとあやかし達に交わり、稽古している」

俺と湯季先輩は、まったく似ていない。けれど実はほんの僅か、共通している部分もあったようだ。

変わりたいと願い、変わろうと足掻《あが》いているところが。

「……ところで、いいかげん泣きやんだらどうだ」

「俺もそう思うんですけどね。不思議なことに全然止まらないんですよ。もしやこれは、お茶の妖精さんが、俺がいつでもおいしいお茶を点てられるよう、目からお湯が出る仕様にしてくれたのではないかと」

「いいからとっとと泣きやめ」

「へい」

低い声で言われ、恐怖で涙が引っ込んだ。壁蹴りの件といい、なるほど確かに、荒れていたという時代の名残りは今でも見え隠れする。湯季先輩に不穏な空気を出されると、かなり怖い。

「さ、無駄話はこのへんにして、稽古しよう。俺も調子を整えておきたいしね。……鬼更のために、おいしいお茶を点ててあげたいし」

自分が食われないため、じゃなく。あくまで湯季先輩は、おいしいお茶を飲ませてあげたいと願っているんだ。

変わっている人だと思うし、穏やかなようでいて物騒な人だとも思うし、ついていけないと思うことも正直多々ある。

でもやっぱり、本当にすごい人だとも、思っている。

「！」

――と。そこで、背後から強い光を感じた。

振り返れば魔法陣もどきが出現しており、中から出てきたのは――鬼更と、玖狸だ。

「ふん。どうだ、今日は少し早めに来てやったぞ。感謝しろ」

「わたしも」

「やあ、いらっしゃい、鬼更、玖狸。待ってたよ」

そして今日も湯季先輩は、笑顔であやかしを迎える。

「……そうそう。菓子を取った後に懐紙で箸を清めるの、今日は忘れなかったね。うん、だいぶ覚えてきたじゃないか」

「ふん、当然だ。私は、何度も注意されて同じ失敗を繰り返すような愚か者ではない」

鬼吏の稽古が、今日は順調に進んでいた。

その、最中のことだった。

「……っ！」

結び目が緩くなっていたのだろう。鬼吏がずっと腕に巻いていた、血のように赤い布が、するりと解け畳に落ちる。

鬼吏はすぐに布を拾い上げ、そこを隠す。が、一瞬のこととはいえ、確かに見えてしまった。なんだ、今の——

「……その腕、呪い？」

「えっ、呪い⁉」

玖狸の口から出た言葉に驚く。だが確かに、今一瞬見えた、布の下にあった何かは、明らかによくないものだとひと目でわかる不気味さだった。

鬼更の黒い肌に、血文字が浮き上がるように、不可思議な模様が踊っていたのだ。比喩じゃなく、皮膚に浮かぶ図形がうぞうぞと蠢いていた。見えたのが一瞬だったからともかく、ずっと見ていたら体が震えてきそうだ。

「の、呪いって……鬼更、死んじゃうのか⁉」

「阿呆《あほう》！　この私が、命に関わるほど重大な呪いに、簡単にかかるものか！」

大声を出され危うく卒倒しかけたけれど、命に関わる呪いじゃないならよかった。鬼更のことは怖いとは思うけど、断じて死んでほしいなんて思ってないし、誰であろうと自分の知り合いが亡くなるのは嫌だ。

「じゃ、なんの、呪い？」

大声の影響でまだ硬直している俺の代わりに、玖狸が尋ねてくれた。

「別に。たいした呪いではない」

「解けない、の？」

「………」

眉間に皺を寄せたまま黙り込んでしまう鬼更。俺も玖狸も何も言うことができず、微妙に気まずい沈黙が流れる。

「ああ、そうか」

そんな沈黙を終わらせたのは、湯季先輩だ。

「その呪いは、人間が点てたお茶を飲めば、解けるのか？」

「！」

ぎろり、と鬼更は目を鋭くし湯季先輩を睨む。

「貴様……なぜ知っている⁉」

「知っているんじゃないよ、そうなんじゃないかって思っただけ。前から、君には何かあるんだろうという気はしていたし。それに、呪いにかかっていながらお茶を飲みに泡沫亭にやって来たなんて、不自然だしね。呪いがある身なら、まずそれを解こうとするのが普通だろ。なら稽古している時間なんてないはず。なのに君は、毎日ここへやって来ていた……。つまり、呪いを解くのに、お茶を飲む必要があるんじゃないか。そう考えただけ」

湯季先輩の言葉に、鬼更はぐっと言葉に詰まる。どうやら図星のようだ。

「それにしても、お茶を飲まなきゃ解けないなんて、不思議な呪いだね。どうしてそんな呪いにかかってしまったんだい？」

思い出して、また怒りが沸騰《ふっとう》してきたのだろう。鬼吏はギリッと唇を噛み、忌々《いまいま》しそうに言った。

「……おかしな女にやられたのだ。私としたことが……」

玖狸がまた首を傾げる。

「おかしな、女？　誰か、わからないの？」

「わかるのなら既に制裁をくわえているわ！　顔が見えなかった上、私に呪いをかけた後、すぐに姿を消してしまったのだ。おのれ、見つけたらタダではおかん……！」

メラメラと業火《ごうか》のような怒りを燃やす鬼吏。ブルブルと震える俺。

しかし情けなく震えながらも、頭の片隅で違和感が声を上げていた。

人間の点てたお茶を飲まないと解けない呪い、ってなんだそれ。そんな、わざわざ鬼吏をここへ……泡沫亭に来させるためみたいな呪い。明らかにおかしい。

同時に、以前湯季先輩から聞いたことを思い出す。泡沫亭であやかしが見られる条件。――あやかしが見られるのは茶道部員だけ、しかも、泡沫亭に人間が二人以下の場合だけ。妙に入り組んでいて、誰かが意図的にそうしているかのようなもの。

……「誰かが」って、一体誰が？

一体、どうして？

「ともかく……別にたいした呪いではないが、このままというのも気持ちが悪い。茶を飲めば解けるというなら、飲んでもいいかと思っただけだ」

ふんっと荒く息を吐き出す鬼吏は、呪いを受けた身でありながら、恐怖や怯えといったものを感じさせない。それは鬼吏自身が言っているように、本当にたいしたことない呪いだからなのか、あるいは「自分は強い」という矜持《きょうじ》が、弱みを見せることを許さないのか。

「それにしても、何かあるんだろうとは思ったけど、そんな事情があったとはね。……呪い、本当に大丈夫なのかい？」

気遣う湯季先輩。それすら、馬鹿にするなと撥《は》ねのけるように、鬼吏は胸を張る。

「言っておくが、情けは無用だぞ。さっきも言ったが、命に関わるような深刻な呪いではないし、それに貴様は、茶を飲ませないと言っているわけではないしな。ようは私が茶を飲めばいいだけだし、飲んで呪いが解けた後なら、私は貴様を食っても問題ないわけだ」

「あはは、それもそうだね。お茶を飲めば解けるなら、心配ないか」

「いや笑うとこじゃないでしょう湯季先輩。鬼吏、いまだに先輩のこと食べる気まんまんですからね？」

お茶を飲めば鬼更の呪いは解ける。だがそのお茶を鬼更がまずいと思ったら、湯季先輩は食われる。ならいっそ湯季先輩の安全のために、お茶を与えないほうがいいのでは、とすら思うが――そんなふうに考える俺の隣で、玖狸はゆっくりと尻尾を振る。

「大丈夫。全部、うまくいく。鬼更、運いい」

「なんだと？」

玖狸の言葉に、鬼更だけでなく俺も疑問符を浮かべてしまう。呪われたことの何が運がいいんだ。

「湯季のお茶、おいしい。飲んだら、湯季を食べる気、なくなる。湯季のお茶、飲もうと思うきっかけあったの、運いい」

なるほど。呪いがお茶を飲むきっかけになった、と考えれば、確かに悪くないかもしれない。鬼更は呪いがなかったら、稽古をしてまでお茶を飲もうとは思わなかったかもしれないし。

「鬼更、稽古、頑張ってる。わたし、知ってる。だからわたし、皆、誘う。皆一緒で飲むのが、一番おいしい」

玖狸のつぶらな瞳が、どこまでも純粋に鬼更を見る。

「皆で、お茶、飲も」

目を見開き、口を閉ざす鬼更。玖狸の発言に驚いたようだ。

やがて顔を背けながら、彼は言った。その声にさっきまでの、吐き捨てるような荒さはない。

「……ふん。周りに誰がいようが、私には関係ない。勝手にしろ」

「なあ。今日、鬼更が来るんだろ？　今更なんだが……本当に大丈夫なのか？　あいつは何をするかわからないじゃねえか」

「うーん……まあ、ここのところ湯季がつきっきりで稽古したそうだから、大丈夫じゃないかい？　そりゃあたしも怖いけどさ。でも、玖狸や湯季のことは信頼してるからねえ」

あっという間に運命の日。湯季先輩がお茶を点て、鬼更が飲む日だ。

玖狸は前に言ったように、赤太郎と六花を誘っていた。二人は、やはり鬼更のことは怖いようだが、来てくれただけでもありがたい。

ちなみに俺は、今日は見学という形で一緒に茶室内にいさせてもらう。鬼更のことが気になるし、湯季先輩の点前を見ることは、勉強にもなるからな。

茶会では、亭主を補佐する「半東《はんとう》」という役割もあるそうだが、俺はまだ茶道初心者な上、湯季先輩はこの一週間、今日のための準備と鬼更の指導に忙しかった。だから俺にその仕事を教える余裕がなく、俺としては不甲斐《ふがい》ないことだが、今回は特に手伝いはしない。

しかし見学とはいえ、同じ茶室にいさせてもらうのだから、だらけた気分でいてはいけない——と、心を整えていた俺の上に、のそっと影が落ちる。

「おい、貴様」

「〜〜〜〜っ、き、鬼更」

一瞬悲鳴を上げそうになってしまったが、頑張って飲み込んだ。心の準備さえできていれば、これまで奇声を飲み込んできたように、悲鳴も飲み込めるものだ。うん。悲鳴は飲み物。

だけどどうしても、彼を前にすると緊張する。赤太郎と六花も「うわあ本当に来たんだ」と言わんばかりにお喋りの声を潜め、警戒の視線を向けている。

「こ、こここんばんは、鬼更。ご、ご機嫌いかがですかね」

「相変わらず挙動不審な人間だな、貴様は。食われたいのか」

「滅相もございません！　俺なんて全然おいしくないですから！」

涙目で応答する俺に、鬼更はふんっと鼻を鳴らす。

「冗談だ」

「へ？」

「貴様らを食うより、あいつの茶のほうが、うまそうだからな」

鬼更の言葉に、俺はぽかんと瞬きをする。

そこで気づいたけど、彼から、初めて出会ったときのすさまじい威圧感は消えていた。態度こそまだ高圧的だが、最初と比べたら、ずいぶん空気が丸くなったような気もする。

「へええ」

俺と鬼更のやりとりを見ていた赤太郎は、何やら納得したように頷き、自ら彼に近づく。

「なんだ鬼更、あんたも湯季に稽古してもらって、茶の湯のよさがわかってきたか？」

「私は、まだ茶を飲んではいない。判断するのは、これからだ」

鬼更の様子から、六花も、近寄っても大丈夫そうだと判断したのかもしれない。恐る恐る、しかし好奇心を抱いた目で、鬼更に話しかける。

「楽しみにしてなよ。湯季のお茶はおいしいからねえ」

「ふん……ま、期待してやらんでもない」

「今日、きっといい日、なる」

あやかし達の間の空気が和やかになってゆく。俺はほっと息を吐いた。

もう間もなく、いよいよ訪れる。

鬼更が湯季先輩のお茶を口にする、そのときが。


同じ、お茶を点てるという行為でも、俺と湯季先輩とでは全然違う。

普通の部活動では、他の先輩達の点前も見ているけれど、やはり湯季先輩は別格だ。姿勢、足運び、手の動き。どれをとっても美しいし、手順も、頭で覚えているのではなく体に染みついているのだと、見ていてわかる淀みのなさ。少しも危なげなく、落ち着いて見ていられるし、惹きつけられる。

同時に、自分もこんなふうにお茶が点てられるようになりたい、と願わずにはいられない。悠然とか沈着とか、俺が求めてやまないものは、全て湯季先輩の点前に凝縮されているように思う。

だけどそれは一朝一夕で身についたものじゃない。子供の頃から祖父にされた稽古と、あやかし達と出会ってからの努力が融合して、今の彼があるんだろう。

そうして俺が湯季先輩の点前に見入っている間に、とうとう、鬼更が彼のお茶を飲む瞬間は、やって来た。

「お点前頂戴いたします」

普段は傲慢な口調の鬼更も、稽古の甲斐あって、しっかりとそう言った。湯季先輩が「どうぞ」と返す。

そうして鬼更は、茶碗を回し。お茶に、口をつける。

――これがおいしいと認められなければ、湯季先輩は鬼更に食われる。

けど、なぜだろう。もう不安はなかった。俺にしては珍しく落ち着いた心地で、鬼更を見守る。

鬼更がお茶を飲み干し、茶碗から口が離される。ああ大丈夫だ、と確信した。

彼の表情は、ほわりと温かなものになっていたから。

その後鬼更が茶碗を返し、順に他のあやかし達にもお茶が点てられ、飲んでゆく。

……どうしてなんだろう。言葉がなくてもわかる――伝わってくる。皆の胸に、ぽっと灯りがともってゆくのが。

湯気の立つお茶のような、ほかほかと温かな何かで室内が満たされてゆく。じんと、体中に、この茶室内の空気が染みわたるかのようだ。

「ああ……」

微かな声が響く。鬼更の声だ。温かさが内に積もり積もって、ついに溢れたような、感嘆の吐息《といき》にも似たもの。

彼の表情はこれまで見たことないほど和らいでいて、いつも鋭く吊《つ》り上がっている目尻も、今は優しく下がっている。そしてそこから、光るものが浮かんできているような……？

「……温かい……」

じわり、と。

浮かんできたそれは、鬼更の頬を伝い落ちる。どこまでも透明な一雫《ひとしずく》。

刹那。玖狸のときと同じ、眠りに誘われ夢を見るように、記憶が流れ込んでくる――


「鬼更には、近寄らないほうがいい」

ひそひそ、と。

当のあやかし達は声を潜めているつもりなのだろうが、残念ながらあまり抑えられていない声に、彼――鬼更は眉根を寄せる。

「あいつは恐ろしい。傍にいたら、何をされるかわからん」

「鬼更は、私達のような弱いあやかしなんて、塵《ちり》みたいなものとしか思っていないのでしょう。おお、怖い怖い」

知らない場所だ。夜空に数多くの火の玉が飛び交い、その下にはどこまでも続く草原。茶室ではないのにあやかし達がいるということは、これはあやかしの世なのか。

草原は幼いあやかしの遊び場になっているのか、たくさんの、見知らぬ小さなあやかし達が輪になっていて。

幼い鬼更は、皆から遠巻きにされ、ぽつんと立ち尽くしていた。

「鬼更は勝手だよな」

「思いやりがないんだよ」

聞こえてくる声に、鬼更は肩を震わせる。険しい顔で、彼はあやかし達のほうへ近づいてゆく。

「……おい。貴様ら」

「わっ、鬼更がこっち来たぞ！」

「皆、逃げろ！」

蜘蛛《くも》の子を散らすように逃げてゆくあやかし達。取り残される鬼吏。

「……なぜだ」

呟《つぶや》く彼の声を、拾ってくれる者は誰もいない。虚しい独り言。

「私は、私らしくしているだけではないか。自分の思うままにふるまって、何が悪い」

ぐっと、固く握りしめられた手。ふんっと吐き出された息は、強がっているようにしか思えない。

「……そうだ、私は私だ。それでいい。誰も傍にいなくたって、どうでもいいことだ」

それはきっと、自分に言い聞かせるための独り言だった。


場面が切り替わる。今度は鬼吏は幼い姿ではなく、成長した現在の姿になっていた。

「おい貴様、邪魔だ。私は今、独りで川を眺めたい気分なのだ、そこをどけ」

鬼吏はふんぞり返って、川辺に座っているあやかしに声をかける。

「え……？　邪魔って……。あなた誰ですか、いきなり何……」

「うるさい、とっとと立ち去れ。痛い目に遭わされたいのか」

ぎろりと鬼吏が睨みつけると、あやかしはその迫力に「ひっ」と声を上げ、逃げるように去ってゆく。鬼吏から申し訳ないと思う気持ちは微塵《みじん》も窺えない。まさに俺様というか傍若無人《ぼうじゃくぶじん》というか。

彼は、川辺に他にも誰かがいるのを発見し、近づいてゆく。今のあやかしと同じように、追い払うつもりなのだろう。

「おい、そこの貴様も、邪魔……」

「……っけほ」

小さな咳。それとともに、そのあやかしの口から赤い蝶《ちょう》が現れ、やがてふっと空気に溶けるように消えた。

「ん？　なんだ貴様……蝶想病《ちょうそうびょう》か？」

背後から鬼吏に声をかけられ、そのあやかしは振り返る。

「……知っているの？」

そのあやかしは綺麗な和服を着て、頭からは白い布を被《かぶ》っており、口から上は見えない。

ただ、まるで鈴《すず》が鳴るような、とても美しい声をした少女だった。

「馬鹿にするな。蝶想病は、愚か者の病だろう」

知っているのか聞かれたことが、無知扱いされたと癇《かん》にさわったようで、鬼吏は不機嫌な顔で語った。そのくらい知っているぞ、と言わんばかりに。

「誰かに長い間、自責の念を抱えているとき。その罪悪感が蝶となり、咳とともに口から出て、やがて消える。死に至ることはないが、蝶を吐くのはひどく苦しいそうだな。対象あるいはそれに準ずる者に対面し許しを得、己《おのれ》の罪悪感が晴れれば癒《い》える。そんな病だ」

「……ふふ、そうね。その通りよ。嫌だわ、普段周りには隠しているのに、見られてしまうなんて」

「隠しているぅ？　そんなふうに蝶を吐いていて、隠せるものなのか」

「ずっと蝶を吐いているわけじゃないもの。症状が現れそうな予感がしたら、いつもいる場所を抜け出して、こうして顔を隠して、独りでいることにしているの」

「ふん、貴様の事情などどうでもいいが……しかし阿呆だな。長い間罪悪感に苛《さいな》まれるなど、何か悪事でも働いたのか」

おそらく初対面だろうに、鬼吏は遠慮なくずけずけとものを言う。

「悪事……では、ないと思うけど。私は、後悔していないし」

「後悔していない？　罪悪感を抱いているから、病に侵されているのだろう」

けほ、けほ、と。少女が咳をするたび、小さな口から蝶が舞い、やがて消えてゆく。

「……私は、あれでよかった。『私』に後悔はない。でも、あの人はどうだったのだろう。酷い女だと、私を恨んでいるかもしれない。彼が何を考えどう思っていたのか。もうわからない。二度と……」

長い独り言のように語る少女。何を言っているのか俺にはわからないし、鬼吏にもわからないだろう。彼女は、誰かにわからせるためとか、そんなことのために喋っているんじゃないように見えた。

「私は、酷いのかもしれない。今だって、泡沫にすぎないのに、繋がる場を残したまま……」

「おい、さっきから一体なんの話をしている」

明らかにイライラした様子の鬼吏に、少女は怯えることなく、質問に答えることもなく語り続ける。

「きっと私は酷い。それでも私は、自分は間違っていないと言い張りたい」

「おい、だから貴様、なんの……」

「ねえ、」

ふっと、少女は鬼吏との距離を詰める。被っている白い布が、まるでヴェールのように風に揺れる。だけど、彼女の表情は見えない。

「いずれなくなってしまうものは、虚しいだけのものだと思う？」

鈴の音が響くように、少女の声が空気を揺らす。

「いずれ散ってしまう花はかわいそうなだけのものなの？

いずれ消えてしまう虹はなんの意味のないものなの？

いずれ溶けてなくなってしまう雪は悲しいものなの？」

――少女が何を言いたいのか、俺には理解不能で。きっとそれは鬼更も同じ。

ただ言葉の内容よりも空気に、俺だけでなく鬼更ですら、圧倒されていた。彼女の持つ、真っ白な闇《やみ》のような不可思議な雰囲気に、飲み込まれてゆく。

「私は、そうは思わない。いずれ終わる全てを愛しく思う。私は……『こんなことなら出会わなければよかった』なんていうのが、一番嫌い」

凛《りん》とした口調。いつしか鬼更は口を閉ざしていた。怒りが消えたというより、困惑しているようだ。彼女の持つ、得体の知れない、どこまでも静かなのに強い空気に。

「私は昔、何より大事なものを手放した。けど私は、失ったんじゃない。あの喪失が今の私を作り上げた。そして、私を私でいさせ続けている……」

乱舞する蝶。夜闇の中に、火の粉のように揺らめいては消えてゆく。ぞくりと震えそうになるほど妖《あや》しく、目を奪われる光景。

鬼吏はしばらくぼうっとそれを眺めていた。が、やがてはっと我に返ったように、自分の調子を取り戻そうとするように、またふんぞり返る。

「ふん……よくわからんが、くだらん。過去に何かがあって、それを過ちだと認めたくないのかもしれないが……。結局、貴様は今、罪悪感に苦しめられ蝶を吐いているんじゃないか。所詮強がりだろう」

「誰かを想うことでの痛みは、誰も想えない無痛より美しいわ」

「はっ、正気か？　愚かな……」

「愚かだなんて百も承知。賢愚《けんぐ》や正誤の話なんてどうでもいいのよ。美醜《びしゅう》で語りなさいな。……愚かだからこそ、美しいものがある」

クスクスと笑う少女の言葉に、鬼吏は思いきり眉を顰《ひそ》めてみせる。

「理解できん。苦しむだけの想いに、なんの意味があるというのだ」

「ふふ。……あなたは、苦しむほど誰かを大切に想ったこと、ないのね」

すっ、と。少女の手が、鬼吏の頬を撫でる。

「……っ、おい貴様、何を……」

「これも何かの縁。あなたにも、苦しみをあげるわ。何より美しく、とびきり尊い苦しみをね……」

刹那。鬼吏の腕に、あの、呪いの模様が浮かび上がった。

そこに憎しみや怒りなど皆無。ただ贈り物を渡すかのように、少女は鬼吏を呪ったのだ。

「な……っ!?　貴様……この私を、呪っただと!?　こんな簡単に……!?」

馬鹿な、と鬼吏は目を剝く。最初にきた感情は、怒りより驚きだったようだ。強さに自負のある鬼吏だ。呪いへの抵抗力にも自信があったのかもしれない。なのに一瞬にして呪いを受けてしまい、信じられないと思っている様子。

「……ふふ、そうよ、それは呪い。私は傲慢だから。あなたなんかより、よっぽどね」

少しも悪びれず優雅に笑う少女。見えるのは口もとだけだが、その笑みは、俺が今まで接してきた玖狸や六花、赤太郎達のどのあやかしより「あやかし」らしく映った。まさに人の姿をした、人ならざる者。濃い闇が漂い、なのに輝くほど美しく、惹きつけられてしまう。

「ふざけるな！　これは一体なんの呪いだ!?　今すぐ解け！」

「大丈夫よ。簡単に解けるわ。……お茶を飲めばね」

「は!?」

少女はにこやかに笑う。鬼吏を呪ったことへの罪悪感なんてないのか、あるいはあったとしても、今更他者に僅かな罪悪感が増えたくらいでは、もうなんとも思わないのか。

「――人の子の、お茶を飲みなさい。そうすれば、その呪いは解ける」

「はあ？　なんだ、それは……！」

「一月《ひとつき》以内に人間の点てたお茶を飲めなければ、あなたはこの先も、ずっとずっと、永遠に孤独なままよ。もう誰もあなたに近寄らない。全てのものがあなたを遠ざける。それは、そういう呪い」

「な……んだと？　そんなの……」

「動揺しているわね。嫌だ、と思う気持ちがあるのでしょう？」

クスクスと笑う声が、小さな咳と混ざる。肩を揺らす彼女の口から蝶が上ってゆく。

「なら、大丈夫よ」

突然呪いをかけるなんて、どう考えても酷いし、頭がおかしいとしか思えない、はずなのに。

けれどまるで少女は、鬼更の背中を押し、踏み出すきっかけを与えてあげたようだ。

……同時に、引き返せない場所に引きずりこんでゆくようにも、見えたけれど。

「素直になりなさい。たとえ泡沫のものであっても、あの温もりに包まれることは、虚しいことなんかじゃないから——」

「……おい、貴様!?」

少女の姿が半透明になり、すうっと消えてゆく。

「おい、こら、待て！」

鬼吏は少女を呼び止めたけれど、次の瞬間には、彼女は全ての輪郭を失い、影も形もなくなっていた。あやかしの術を使った瞬間移動、なのだろうか。ともかく、ここではないどこかへ行ってしまったようだ。

「なんだったんだ……素直になりなさい、だと？　そんなの……」

唇を嚙む鬼吏は、呪いを受けたことより、別のことに怒りを感じているようだった。

彼の、感情が。夢のようなものの中だからか、波紋《はもん》のように俺に伝わってくる。

——蝶を吐き出していた少女。彼女は過去、何かを失ったのだろう。とても大切な何かを。

——その、喪失に苦しむ幸福を、眩《まぶ》しいと感じた。

——失えるものすら、私は何も持っていないから。

——……昔から。気づいたときには、私は孤独で。それがなぜか、わからなかった。

——鬼吏は勝手だと、思いやりがないと言われることは多々あった。だが、勝手とか思いやりとか、それはなんだ？

――私は強い。だから強い者らしくしているだけだ。

――他者との接し方なんて、知らない。

――いつも、他のあやかし達は皆で楽しそうに遊んでいる。私が近づくと、離れていってしまう。

――なぜ皆は私と違って、「皆」でいられるのだ。

――皆との接し方を、どうやって知るというのだ。誰が教えてくれるというのだ。私には、誰も教えてくれなかった。私の傍には、誰もいなかったから。

――どうしたら交われる。どうしたら、通じる。

――わからない。だから放り出した。「くだらん」と周囲を見下し、切り捨てて。

――呪われた腕。赤い模様が踊る。あの娘が吐き出していた蝶のように。このまま、何もせず一月が過ぎれば、私は永遠に孤独らしいが。

「……嫌だ。そんなのは」

――孤独《ひとり》でいいなんて嘘だ。

――そうだ、私だって、本当は――

「……本当は、皆と、仲良くしたかった」

気づけば夢は終わっていて。茶室の中、鬼吏はそう言っていた。

強者ゆえの孤独。無自覚の傲慢。それを指摘してくれる者の不在。

鬼吏はとても、不器用だったんだ。周囲に馴染みたいと思っても、その方法がわからなかった。

だけど、本当は変わりたいと思っていたんだ。俺や湯季先輩のように。

そして呪いに背を押され。ここで作法を学んだことで、変わり出した。

「湯季。茶碗を回す理由……あれからずっと、考えていたのだ。わかったぞ」

初めて聞いたときは氷のようだと思った声。今は、すっかりお茶に溶かされたかのように、温かなものになっている。

「茶を飲む前に、茶碗を回すのは。亭主への心遣いなのだろう？」

湯季先輩は、頷く。

「そう。亭主はお茶を出すとき、客のほうへ茶碗の正面を向けて出す。正面は、茶碗の中で最も美しい場所だから」

「そこを汚《けが》してしまわぬよう、美しい場所から飲むことを避け、亭主に感謝して茶をいただく……。相手を思いやる、というのは、きっとそういうことなのであろう？」

亭主は茶碗の正面を客に向けて出す。客は感謝と謙譲《けんじょう》の精神を示し、正面を避ける。互いへの敬意が、茶碗によって表される。形に心を込めることで、言葉がなくとも通じ合える。

「それだけではなく、他の所作……。茶を飲む前に茶碗をおしいただくことや、最後にすっと音をさせ茶を吸い切ることも、感謝や礼儀を示している。どの所作も全て……思いやりの心で、できているのだな」

茶道は決まりごとが多い。俺も最初大変だと思ったし、いまだに覚えられていないこともたくさんある。

けれどそれは、単なる動作じゃない。形は心から成っている。だからこそ、一つ一つの動きに気持ちを込める。

「感謝する、湯季」

その言葉に、ビクッと肩を震わせた。俺でも湯季先輩でもなく、あやかし達が、だ。

「鬼吏がお礼言ってるとこなんて、初めて見たぞ！」

「信じられないねえ。あの鬼吏が、暴れ出さずきちんと礼儀を守った上、礼まで言うなんて……」

目を丸くし、ひそひそと語る赤太郎と六花。マナー違反だと思うが、それだけ驚いたということだろう。

「湯季。おまえの点てた茶、とてもうまかった。だが、それ以上に……」

鬼吏はふっと、笑う。表情が和らいだだけだが、初めて見たときとはまるで別人だ。

「おまえが所作を教えてくれたおかげで、皆と一緒に、落ち着いて茶が飲めた。……その、なんだ……嬉しかった」

ごにょごにょと言う鬼吏は、どこか照れくさそうで、けれど言葉通り、とても嬉しそうだ。

「だから、皆……」

畳に手をつき、鬼吏は深くお辞儀《じぎ》をする。

「……これからも、よろしく頼む」

あやかし達は、信じられないという面持ちで鬼吏を見る。

そして数秒後、皆一様に顔をほころばせた。

「こちらこそ、よろしくね」

「ま、仲良くやろうや！」

「ん。よろしく」

笑顔が伝染し、室内に溢れる。一件落着という気持ちで、俺も静かに息を吐いた。

鬼更の呪いも、お茶を飲んだことで、もう解けているのだろう。彼が皆に囲まれて笑顔でいること――孤独ではなくなっていることが、その何よりの証拠じゃないだろうか。

……それにしても、結局。鬼更に呪いをかけたあの女の子は、誰だったんだ。

後悔はないと言いながら、罪悪感に蝕《むしば》まれ続け、蝶を吐き続ける少女。過去に大切なものを手放したと言っていたが、何を？

彼女の正体は、一体――

「うむ……うむ……」

考えていたところで、ふるふると震えるような鬼更の声に気づき、俺ははっと顔を上げる。

初めて皆に受け入れてもらえ、感動しているのだろうか。鬼更は体を震わせている他にも、頬は妙に紅潮しているし、鼻息も荒い。

「気に入った……とても、気に入ったぞ」

鬼更の言葉に、湯季先輩は柔らかく笑む。

「そう。茶の湯をそんなに気に入ってもらえて、俺も嬉し……」

「湯季。私はおまえが気に入った。おまえを、私の婿《むこ》にしてやろう！」

弾むような声で言われた言葉に、俺はげほっと咳き込む。お茶を飲んでいなくてよかった。飲んでいたら確実に噴いていた。

「今まで皆、私に怯えるばかりで、何かを教えてくれたり、ちゃんと注意してくれる者などいなかった……。だが湯季、おまえは私に思いやりの大切さを伝え、幸せにしてくれた。今、私の胸はとても温かい、いや熱い！　私が求めていたのは、おまえのような婿だったのだな！」

「いやいやいや、急に湯季先輩を婿とか、何言ってんの⁉　ていうか鬼吏、女だったのか⁉」

「何⁉　貴様、三軒とか言ったか。私が女以外の何に見えるというのだ！」

「ひいっ！　すみませんすみません、俺の目玉がおかしかったですね！　二度と間違えないんでお許しくださいませ！」

畳に頭を擦りつけ、お辞儀を通り越して土下座をする。

「お、おい、怯えすぎだ！　何もそこまでしろとは言っていないだろう！」

「はい！　ですよね！　ごめんなさいごめんなさい」

「だから怯えるなというのに！」

「…………えーと。鬼更、三軒、茶室ではもう少し静かにするようにね」

「あ、こら！　この私が求愛してやったというのに、その冷めた反応はどういうことだ、湯季！」

鬼更を呪った少女の正体とかいろいろ、考えていたことはあったはずなのに全部吹っ飛び、どうでもよくなる。

——あやかし。大抵の人間からは架空《かくう》のものとされ、妖しさだとか、神秘的だとか、そんな印象を持たれることが多いのだろう、不思議な存在。

……その実態は、結構馬鹿らしかったりもする。

第三話

狐と、さよならの一服

「おい、湯季。茶筅はこう動かせばいいのだな？」

「そう。うまいじゃないか、鬼更」

放課後の泡沫亭。今日も、湯季先輩はあやかし達に茶道を教えている。

この前までのように、毎日集中的に誰かを稽古するということはない。だけど週に二日ほど、皆はここに集まって所作を学ぶ。

「どうだ、湯季。夫にうまい茶を飲ませてやりたいという、妻の深い愛に感動するだろう」

「さて、他の皆はどうかな。わからないことがあったら聞いてくれ」

「おいこら湯季、なぜ私の言葉を無視する！」

鬼更はあれ以来、湯季先輩に熱烈に求愛している。そして湯季先輩は、やんわりと完全スルーしている。

「モテモテですね、湯季先輩」

「あはは。羨《うらや》ましいなら代わろうか、三軒。君にもこの幸せを味わってほしいからね」

副音声。他人ごとだからって面白がってんじゃねえぞ、代われ。

「やだなあ何言ってるんですか。鬼更が好きなのは湯季先輩なんですよ。しっかりその愛を受け止めてあげてくださいね。俺、心から祝福してますんで」

副音声。絶対代わりたくない。人に押し付けようとしないで、どうぞそのまま鬼吏につきまとわれ続けてください。そうすれば俺は安全。

「そうだぞ湯季、私が婿にするのはおまえだけだ。同じ人間とはいえ、三軒みたいな軟弱者では話にならん」

鬼吏が、ふんっと鼻を鳴らし言った。婿にしたい、ではなく婿にする、と決定系なのがすごい。天然ボケならぬ天然傲慢だ。

「ほら湯季先輩、鬼吏もこう言ってますよ。俺では鬼吏のお眼鏡には適わないんです。鬼吏が好きなのは、先輩なんですから」

「ふむ、そうか……。まあ誰にでも、好みってものがあるからね」

「そうそう」

「ちなみに俺の好みのタイプの女性は、三軒のことが大好きで、三軒にめちゃくちゃまとわりつく子かな」

「なんと、そうだったのか！　では今度から三軒、おまえにつきまとうとしよう！」

「騙《だま》されるな、罠だ！」

簡単に湯季先輩の言葉を信じる鬼吏はある意味純粋だ。そしてにこやかに俺に全部押し付けようとする湯季先輩はタチが悪い。

　このまま二人の傍にいたら面倒なことになりそうだったので、そっと二人から距離をとる。すると、玖狸が寄ってきた。

「三軒、三軒。お茶、あやかし、慣れた？」

　犬のように尻尾を揺らしながら、玖狸が聞いてくる。

「ん〜、少しずつ、慣れてきてるとは思うけど」

　なにせ、最初は恐ろしすぎて気絶してしまった鬼吏と、今はこうして和やかに話していられるくらいだ。俺の、あやかしへの恐怖心はかなり軽減されていると思う。もちろん、それは俺の成長だけでなく、鬼吏自体の空気が、湯季先輩のおかげでだいぶ柔らかなものに変わったせいもあるけれど。

「でもお茶に関しては……湯季先輩にはまだ全然敵わねえしな」

　俺がそう零すと、背後から六花の声。

「何言ってるんだい、そんなの当たり前。三軒はまだ入部したばっかじゃないの。それで湯季と同じようにできるわけがないよ。でも、三軒には三軒のよさとか、個性があるでしょう。そういうお茶を、あたし達は楽しみたいのさ」

「……そっか。俺は俺で、精一杯頑張ればいいんだよな。ありが……」

　思いもよらぬ優しい言葉にじんとして、振り返ると。

「そうそう。これからも頑張るんだよ」

首。長く伸ばされた首ではなく、頭部オンリーの、生首的《なまくびてき》なものが飛んでいた。

「ほわあああああああああ⁉」

「あっはは。あんたは相変わらず、いい反応をするねえ」

六花は笑いながら、首を自分の体に戻した。その横で赤太郎が不思議そうな顔をする。

「あれ三軒、いくらおまえでも驚きすぎじゃね？　最近、首が伸びるの見るのは慣れてきてたみたいなのによ。首、取れるとこ見るのは、初めてだっけか」

「は、初めても何も。首って、取れるもんなのか、あやかしは⁉」

「あやかし皆がそうってわけじゃないよ。でもろくろ首には、首が伸びるだけじゃなく、取れる奴もいるのさ。あたしはどっちもできるよ」

そう言って、六花はまたひょいっと、簡単に頭部を外してみせる。

「うおわああっ！　ろ、ろろ六花おおおまえなあ、俺の心臓を殺す気か⁉」

「あはは、ごめんごめん。三軒は驚きっぷりがすごいからさあ、ついからかいたくなるのさ」

「ああ、それはよくわかるぜ。こいつで遊ぶと面白いんだよな〜」

きゃっきゃと笑う六花と赤太郎。こいつらは本当に悪戯好きというか。俺「と」遊ぶのが楽しいならともかく、俺「で」遊ぶってどういうことなんだよ。

「しっかし、三軒は本当にびびりだねえ。そんなので、人間社会でちゃんとやっていけてるのかい？　あたし、たまに心配になるよ」

「三軒は勝負とか争いごととか、苦手そうだな。相手の気合や迫力だけで、やる前から負けていそうだ」

「ふふん、だからこそ俺は茶道部に入ったんだ。茶道部はいいな、勝負や大会がつきものの運動部と違って、争いのない平和な世界！　最高じゃないか」

「三軒だと、それ言っても平和主義じゃなくて、ただの逃げにしか聞こえないねえ」

「なんとでも言え。ああ、お茶はいいなあ。怖くないし、大きな音や怒鳴り声とも無縁。誰とも戦う必要のない茶道部、素晴らしい」

「お茶でも、闘茶《とうちゃ》というものはあるけどね」

「え」

湯季先輩の言葉——初めて聞くその単語に、俺は衝撃を受ける。

「戦うんですか、お茶で？　まさか、茶碗で殴り合ったり？」

「まさか。茶碗なんてたいしてダメージを与えられないじゃないか。喧嘩だったら、俺なら別のものを使うね」

否定されてほっとしたけど、その否定の仕方はどうなの？

「冗談だよ。茶碗で殴るだなんてとんでもない。闘茶は鎌倉時代末期から室町時代中期に流行したもので、お茶の産地などを飲み当てるものだ」

「なんだ、やっぱり平和じゃないですか」

「確かに暴力とかではないけど……でも博打《ばくち》の要素を含むゲームで、場合によっては莫大な金品が景品となることもあったらしいから、相当白熱はしたんだろうね。建武《けんむ》式目《しきもく》では禁止されたくらいだ。まあ、それでも収まらなかったそうだけど」

「へえ。そんなに白熱したんですか」

「面白そうじゃねえか。今度やろうぜ、闘茶」

赤太郎が言うと、六花も悪ノリのように賛成する。

「どうせなら、あたしらも何か賭けようか。金品というわけにはいかないけどねえ」

「負けたら罰ゲームとかでもいいんじゃねえか。三軒の泣き顔が目に浮かぶな」

「待て待て、なんで既に俺の負けが確定してんだよ。おまえら俺のことなめすぎだろ」

「なめすぎ？　舐めてほしいのかい？」

六花は首を伸ばして顔を俺に近づけ、鼻先でちろちろと舌を揺らしてみせる。

「なめられたくねえって言ってんだよ、身も、心も！」

どっ、と笑いが起きる。ああもう付き合ってられねえ、と呆れ混じりに体を反転させ、ふと気づく。

「……ん？」

見慣れないあやかしがいる。隅《すみ》っこで、膝《ひざ》を抱えている女の子。

外見的には、小学校高学年くらいに見える。小さく細い体に若葉色の着物を纏った、ほぼ人間に近い彼女が、それでも明らかにあやかしだとわかるのは、耳と尻尾のせいだ。

三角形の耳とふさふさの尻尾は、一見犬のようにも見えるが、その綺麗な狐色《きつねいろ》から、多分妖狐《ようこ》とかそういうあやかしなんだろうとわかった。

彼女はぼんやりと畳を見つめている。どことなく元気がなさそうだ。実年齢は謎とはいえ、幼く見える女の子がそんな表情をしていると、心配になってしまう。

「あ、あの」

初対面のあやかしに話しかけるのはドキドキするが、なけなしの勇気を振り絞り、少女に声をかけてみた。俯いていた少女が、顔を上げる。

「よかったら、一緒にお茶でも飲まない？」

　できるだけ優しく、微笑みを浮かべて言った。

「三軒、その台詞、ナンパみたいだぞ」

「おやおや。三軒は幼く見える女が好みだったのかい」

「たしか、人間の間、そういうの『ろりこん』っていう？」

「おまえら人の気遣いを台無しにすんな。あとなんでそんなに人間文化に詳しいんだよ」

　ぶち壊しとはまさにこのこと。思いきり嘆息したい気分のところで、

「……お茶、飲みたい」

　狐の少女は、ぽつりと呟く。

「葉真《ようま》のお茶が、飲みたい」

「葉真？」

　初めて聞く名前だ——が、俺と鬼更以外の皆にとっては、そうではなかったらしい。場に一瞬、寂しさを孕《はら》んだ空気が過る。

「ああ……葉真ねえ。そういやあ、今どうしてるんだろうねえ」

「あいつのことだから、元気にやってんだろうけどな。でも、もうあいつには会えねえぞ」

もう会えない。その言葉に不穏さを感じドキッとする。

直接あやかし達に聞くのは躊躇《ためら》いがあったので、俺は湯季先輩に尋ねた。

「あの。葉真って、誰なんですか？」

「今年の三月に卒業した、元茶道部員だ。道園葉真《どうぞのようま》。俺の前に、あやかし達にお茶を点てていた人」

「……あやかし達にお茶を点てるのって、代々茶道部の誰かに受け継がれていくものなんですか？」

「そういうわけでもないけど。実際、道園先輩の前には、あやかし達に会いに来てくれる人は、ずいぶん前までいなかったらしいし。数年に一度いるかいないかってくらいかな」

だろうな。わざわざ人のいない泡沫亭にやってきて、あやかし達にお茶をふるまうなんて、そんなことするほうが変わり者だ。もっとも、今は俺もその変わり者の一人だけど。

「どんな人なんですか？　道園さんって」

「クズかな」

「なるほ、クズ!?」

いつも通りの笑顔で滑らかに言われたので流しそうになったが、にこやかな表情には似つかわしくない暴言だ。

と、そこで狐の女の子が、ぽかっと可愛らしく湯季先輩を叩く。

「湯季、嘘ついちゃ駄目よ」

「あはは。ごめん狐珀《こはく》、冗談だよ」

「葉真はクズなんかじゃないもん。とっても、優しかったもの」

「だから冗談だってば。ほら、クズ……葛餅《くずもち》のような、柔軟な人だったなあと」

どんな人だそれは。

とはいえ、あやかし達にお茶をふるまっていたような人だ。クズなんてことはないだろう。きっと少女の言う通り、優しく、おもてなしの心を持った人なんだと思う。

「ええと、君……狐珀、っていうのか？」

俺が、さっき湯季先輩が呼んでいた名前を口にすると、少女は「うん」と頷く。

「狐珀は、その人のことが、好きなんだな」

彼のお茶が飲みたいと言ったり、ふざけたことを言った湯季先輩に怒ったり。それだけでも、彼女と彼の間に深い絆《きずな》があったんだろうなとわかる。

「うん！　私は、葉真が大好きよ」

狐珀はぱあっと顔を輝かせた。その想いが自分の誇りであるかのように。

「あやかしの中で、最初に葉真と会ったの、狐珀だもんな」

赤太郎が言うと、狐珀は懐かしそうに目を細めた。

「うん。懐かしいな。三年くらい前に、偶然葉真と出会って、仲良くなったの」

「最初から、あやかしとして仲良くなったのか？　……怖がられなかったのか？」

「ええ。最初はびっくりしたみたいだけど、葉真は、すぐに笑ってくれたわ」

「それはすごいな」

狐珀は耳と尻尾を除けば可愛い女の子の姿だから、怯えるということもないと思うが。それでも、突然狐耳の少女に会ったら、俺の場合は驚いて逃げ出す。

「それから葉真は、私や、他の皆に会いに、いつもここに来てくれるようになった。葉真が一年生のときから、ずっと一緒に過ごしてきたの。春も、夏も、秋も冬も。その次の春も夏も……」

聞きながら、俺はその道園葉真という人のことを少し羨ましく思った。

彼のことを語る狐珀は、とても幸せそうな顔をしていたからだ。本当に彼が大好きなんだと伝わってくる。

だけどふっと、彼女の笑みに寂しげな色が混ざった。

「……でも葉真は、三年生の秋から、全然来てくれなくなっちゃったの」

「その頃にはもう湯季がいてくれたから、お茶は飲めたけどなー」

「え……でも、三年の秋からだろ？　なら、普通に受験で忙しくなったとかじゃないのか」

それにうちの部は基本的には、三年生になる時点で引退する人が多いと聞いている。中には三年でも好きで顔を出している人もいるので、わりと自由なようだが。

「そうだけどさ。せめて別れの挨拶《あいさつ》くらい、してくれたってよかったと思うんだよな」

赤太郎は渋い顔で、不満を露わにする。

「何も言わずに、来なくなっちゃったのか？」

「そうだよ。二年半くらい一緒にいて、一言もなしだったんだぜ。そのうちまたひょこっと顔出すんじゃないかと思ってたんだが……。本当に、何も言わないまま卒業しちまった」

確かにそれは、自分があやかし達の立場だったらと考えると、寂しい。二年半も皆に会いに泡沫亭に通っていたのなら、あやかし達に愛着がなかったわけないはずなのに。

何か――お別れさえ告げられないような、よほどの事情でもあったんだろうか。

湯季先輩のほうを窺うと、一瞬目が合った。が、すぐに逸らされてしまう。

「あたしらはここから出られないから、こっちから会いに行くこともできなくてねえ」

「なあ。……ああ、話してたら、なんだか懐かしくなってきちまった」

「うん。……でも」

ぽつりと、狐珀は寂しげな言葉を落とす。

「もう、葉真はこの学校にいないのよね……」


既に日は沈んでおり、夜の色に包まれた中。舗装《ほそう》された道路に靴音が響く。

俺と湯季先輩が、学校からの帰り道を歩く音だ。といっても、湯季先輩は無駄なほど綺麗な歩き方のせいなのか、ほとんど足音がしない。言っちゃ悪いが、なんだか逆に不気味だ。あまりの静けさは、暗い中で隣を歩いていると、まるで幽霊のようで――

……幽霊、か……。

「あの」

泡沫亭にいたときからずっと、抱いていた疑問。尋ねていいものか悩んでいたが、思いきって聞いてみる。

「湯季先輩。道園さんって人のことなんですけど」

「ん？」

「あやかし達には、隠してるみたいですけど。本当のことを、教えてもらえませんか」

「………」

「去年の夏から急に来なくなったっていう道園さんは、本当は」

口にするには、勇気が要った。湯季先輩が、あやかし達には知らせていない、残酷《ざんこく》な真実。

「亡くなられたんですよね」

――どんなに受験で忙しくなろうが、一言それを伝えるくらい、できる。

受験が終わった卒業前にだって、なんなら卒業した今だって、泡沫亭に来ることくらいできるはずだ。なのに道園さんという人は、なぜそれをしないのか。

しないいんじゃない、できないんだ。

彼はもう、この世にいないから。

「あやかし達は、泡沫亭から出ることができません。だから、湯季先輩が言いさえしなければ、何も知らないままでいられますよね。……そして湯季先輩、あなたは、あやかし達に何も伝えないことを選んだんでしょう。皆を、悲しませないために」

「…………」

おそらく、突然の事故か何か。本当に唐突に、別れを告げることすらできず、道園さんは二度と皆に会えなくなってしまった。

「あんなに道園さんを慕っている狐珀や皆に、そんなこと、告げられませんもんね。……だけど、隠し続けて一人で抱えているなんて、辛《つら》く、ありませんか」

俺は道園さんという人のことをまったく知らない。だが彼は、湯季先輩にとっては、あやかしという秘密を共有する、特別な先輩だったはず。

「だから、その。俺にくらい、打ち明けてください。……俺だって、あやかしっていう、秘密を共有する存在ではあるんです。なんでも、聞くんで」

皆の間で道園さんの話題になったときから、湯季先輩は珍しくあまりいい顔をしていなかった。もちろんあからさまに感情を表に出す人ではないけれど、それでも、心から笑っているかそうでないかくらいなら、なんとなくわかる。

「…………」

そしてさっきから湯季先輩は、ずっと無言になってしまっている。思い出すと辛いのかもしれない。無理もない、去年の夏から、まだ一年も経ってないんだから。

「すごいね、三軒」

やがて湯季先輩は、ゆっくりとこちらを見た。その目に浮かぶ色は――

「そこまで見事に的外れな結論を導き出すとか、本当にすごい」

完全なる、呆れの色。

「あれ⁉」

何それ、ここまで語ったことも考えたことも、全部俺の勘違いですか。超恥ずかしい。

「え、じゃあ道園さんって人は、今どうし……」

話しながら、角を曲がったところで。

「っと」

湯季先輩のほうを向いていて前を見ていなかったのと、暗かったせいもあり、人とぶつかってしまった。

「あ、すみませ……」

謝るため、視線をその人のほうへと移し。

「きょえええぇぇぇぇ⁉」

もはや俺の必殺技と言っても過言じゃない、悲鳴という名の攻撃が相手の耳を貫く。

「なんで……なんで、こんなところに、あやかしが⁉」

ぶつかった相手。それは体は人間だが、狐の顔をしていた。

ふさふさの毛が生えているわけではなく、妖怪ものの漫画でよく見る、狐面のような顔。だからこそ、暗いところで見ると尚更迫力がある。

「あやかし達は、泡沫亭の外には出られないはずじゃ……。そ、それとも、外で暮らしてるあやかしってのもいるんですか、湯季先輩⁉」

あやかしは邪悪なものではないと、他の皆との触れ合いからもう知っている。……だけど鬼更のように、最初は攻撃的なあやかしも中にはいることも、また事実。俺はビクビクと、陸に上げられた魚のように震えてしまう。

「三軒、まずは落ち着いて」

「お、おお落ち着いてるじゃないですか。ま、まままだ立っていられている段階なんですよ。これなら、俺としてはまだまだ……」

「……おまえ、新しい茶道部員か？」

「はいぃ！」

狐顔のあやかしに話しかけられ、震えがビクーッと、つま先から肩まで電流のように駆け抜ける。

「あっ、あの、俺はとても善良な茶道部員でして、けっして怪しいものではありませんので。そ、そそれで、その、念のためお聞きしたいのですが、あなたは人を食べたりするあやかしでは、ありませんよね……？」

　勇気を振り絞って尋ねるが、あやかしは無言でじっとこちらを見るだけ。そして、一歩俺のほうへと近づいてくる。

「ひぃ、ごめんなさいごめんなさい！」

「三軒、落ち着きなよ。別に食われたりしないから」

「えっ。湯季先輩、このあやかしのこと、知ってるんですか？」

「知ってるけど、あやかしじゃない。何度も言うけど、落ち着いて。よく見てみるといい」

「え」

　言われ、あらためて相手の姿を確認する。

　体はごく普通の人間だ。黒地に控えめな和柄《わがら》が入った洋服姿で、首もとには和柄のストールを巻いている。そこから少し視線を上げれば、まるで狐面のような顔――

「狐面のような――……ってか、狐面？」

暗かったせいと、パニックになっていたせいで見抜けなかった。だけど冷静に見てみれば、簡単にわかった話。

「お面つけてるだけで、人間⁉」

「せいかーい」

答えたのは湯季先輩ではなく、お面をつけた謎の人のほう。

「てか、普通に見りゃわかんだろ」

言いながら、彼は狐面を外す。その下から現れたのは、ごく普通の……いや、普通というよりはイケメンとして分類されるんだろうが、ともかくあやかしの要素など何一つない、人間の顔だ。

「あ、あやかしじゃ、なかったんですね」

「そうそう。あやかしだなんて一言も言ってねえだろ」

「だ、だって、そんなお面つけてるから……」

「ああ、これな。うん、まあ確かに紛らわしかったかもな。悪かったよ。お詫《わ》びにこれをやろう」

そう言って、彼は俺の手に何か握らせる。

「え、いえそんな、お詫びなんて受け取れませんぎょおおおお⁉」

手を開くと、渡されたのはなんと虫だった。慌てて投げ捨てる。よく見ると本物の虫ではなく玩具だったようだけど、それでも無茶苦茶《むちゃくちゃ》驚いた。

「あっははは！　今すげえ顔だったたな、ホラー漫画のキャラみてえ。そんな驚くことか？」

男は手を叩いて大笑いする。なんだこいつ、謎のお面をつけていたことといい、初対面の相手にこんな子供じみた悪戯を仕掛けてきたことといい、ちょっとおかしいんじゃないだろうか。

「相変わらずですね、道園先輩」

「……え⁉」

湯季先輩の口から出た名前に、俺の目は丸くなり、目の前の人を凝視してしまう。

「道園先輩って……あなたが？」

嘘だろ。と思いつつ、そういえばさっきこの人、当たり前のように「あやかし」という言葉を口にしたな、と気づく。

「ん？　よくわかんねえけど、元・緑央学園茶道部の道園先輩といえばまあ俺のことだな。はじめまして、道園葉真、大学一年生でーす。何、湯季、俺のこと話してたわけ？」

「ちょうど今、この三軒があなたを殺していたところです」

「何それ怖い」

「誤解を招く言い方はやめてください」

妙な方向に勘違いしてしまったことは申し訳ないし自分でも恥ずかしいが、その言い方はどうかと思う。

「ええと、あの、俺は茶道部一年の三軒といいます。道園さんのことは、狐珀から聞きました」

「ふーん。あいつから」

「はい。狐珀は道園さんのこと、優しいって……」

途中で、俺は言葉を止めた。

耳が、異質な声を察知したからだ。

……クス。

クス、クス、クス。

女性の笑い声。今ここには俺達三人しかおらず、周囲を見回しても、他に誰も女の人なんていないのに。

クスクス、クスクス、クスクス……。

「な、なんだ、この声……!?」

今度こそあやかしとか、霊的な何かじゃないだろうか。そのくらい不気味な声だ。ぞくぞくと恐怖が這い上がり、目に涙が溜まった。

「ゆ、ゆゆ湯季先輩、これ何かやばいんじゃないですか⁉　お化け⁉　に、にに逃げないと！」

「だから三軒、落ち着けって何度言えばわかるのかな」

湯季先輩はまったく動じず、すっと、指さす。道園さんの手元を。

「え……あっ」

見ると、謎の笑い声の発生源は、道園さんの持つスマホだった。……ただの悪戯だったのだ。

「あははは！　ほんと、このくらいでびびりすぎだろ」

「驚かさないでくださいよ！」

「だっておまえ、なんか面白いからさあ。てか、あやかしのこと知ってるんだろ？　なのにお化けが怖いのか？　変な奴～」

げらげらと、腹を抱えて、笑われる。嫌な五七五。

なんなんだこの人。狐珀から聞いた話と全然違う。もっと穏やかで優しい人を想像していたのに、これじゃあ人をおちょくって遊ぶただのクズじゃないか。

「道園先輩、いいかげん三軒で遊ぶのはやめてください」

「なんだよ湯季ー、ちょっと後輩できたからっていい先輩ぶりやがって。昔は殺し屋みたいな目ぇしてたくせに」

「失礼ですね。俺は人を殺したことはありません」

だからそれは人として当然のことで別に誇って言うようなことじゃない。この人、むしろ殺人以外の悪事は大体やってきたんじゃないだろうか。怖い。

「……あのー。あなたが、湯季先輩が入学する前に、あやかし達にお茶を点てていたんですよね？」

狐珀から聞いていた話とあまりにも違いすぎて、確認するように尋ねてしまう。

「そうそう。それがどうかした？」

「道園さんは、なんであやかし達におもてなしをしようと思ったんですか？」

「そんなの、決まってる」

少しの迷いもなく、堂々とした声色で告げられる。

「面白いから！」

どん！　と効果音がつきそうなほどはっきり言われた答えは、ザ・シンプルイズベストだった。

「だって相手はあやかしだぞ、あやかし。妖怪であり化け物であり怪異だ。そんなの、滅多にお目にかかれるもんじゃない。貴重だろ、レアだろ。わけわかんなすぎて面白いだろ。なら構い倒したくなるだろ！」

「いや……あの……じゃあお茶を点ててあげていたのは……？」

「ああ、なんか皆よく茶が飲みたいって言うから点ててた。俺、茶の点て方自体は前から知り合いに教わってたし、まーちょうどいいかなって」

「……そっすか……」

想像の斜め下をいくライトさに落胆する。いや、期待値を上げておいて幻滅するなんて勝手な話か。だけど俺にとって茶道部の先輩といえば湯季先輩なので、おもてなしの精神とか、思いやりの心とか、そういういい話が聞けるんじゃないかと思っていたのだ。道園さんがどんな理由でお茶を点てようが彼の自由だし、それであやかし達も喜んでいるのなら、いいはずなのに。

「じゃあなんで、急にあやかし達に会いに行かなくなったんですか？」

「あー。飽《あ》きた」

「…………」

あまりにもさらっと言われたので、逆に、飲み込むのに時間がかかった。

「えっ？」

「だって、いくらあやかしがレアな存在とはいえ、二年半も通ってたら飽きるじゃん。世の中にはもっと面白いことがたくさんあるんだし、一つのことに縛られてたくねえっつうか。そのときにはもう湯季もいたし、俺は引退でいいやーって」

なんだろう。軽い。全体的に軽い。俺もまだ全然人のことをどうこう言える立場ではないけど、元とはいえ茶道部員たるもの、もっと礼節とか道徳とかそういう重みを感じさせてほしい、というのは我儘《わがまま》だろうか。

「いや、引退は時期的にも自然かもしれないですが、一言くらいお別れを言ってもよかったんじゃないですか？　狐珀も皆も、寂しがっていましたよ」

「へー、そうなんだ」

道園さんはまた狐面をつけ直しながら、あからさまに適当に返事をする。

入部動機や引退理由なんて個人の自由だ。俺が口出しする権利はない。

だけど狐珀の寂しげな顔と、目の前の彼のあまりにも適当な感じの温度差に、なんだか腹が立ってきた。

「狐珀は、あなたに会いたがっていました。『葉真のお茶が飲みたい』って」

「ふーん」

「卒業したとはいえ、OBなんだから、また泡沫亭に来たらどうですか」

「遠慮しとくわ。どうせ、もう見えねえし」

「……え?」

風が吹いて、街路樹が揺れる。ざわざわと、葉擦れの音を立てて。

夜という時間は、全てのものを不気味にする。昼間に聞けばなんとも思わないはずのその音は、なぜか今、俺の心をひどくざわつかせた。

「もう見えないって、何がですか?」

道園さんは一瞬黙った。狐面をつけているため、表情は見えない。

「おまえ、教えてもらってないのか」

「え……? な、なんの話です?」

道園さんがまた黙ってしまったので、助けを求めるように湯季先輩のほうを窺う。

しかし、彼は何も言わない。

「そうか。湯季、教えてないのか。酷い奴だな、おまえは」

「はは。あやかし達を寂しがらせている、あなたほどじゃないと思いますけど」

「どうでもいいけど、ちゃんと教えてやるくらい、しとけよ。じゃあな」

俺の理解が追いつかないうちに、道園さんは、ひらひらと手を振り去って行ってしまう。和柄のストールを風になびかせ、不気味な狐面をつけたまま。……今更だけど、本当になんであの人、あんなお面をつけてるんだ。警察に会ったら職務質問されるんじゃないだろうか。

「あの、湯季先輩。道園さんが言ってたことって、なんなんですか？」

あらためて質問する。このまま、何もわからないままじゃ気持ち悪い。

「道園さんは、『もう見えない』とか言ってましたけど」

嫌な予感がしていた。

胸をざわつかせる空気。だからこそ安心させてほしかった。さっき道園さんが亡くなっているのと勘違いしたときのように、俺の変な不安に、呆れてほしかった。

「見えなくなるんだ。いずれ、俺達も」

けれど湯季先輩の言葉は残酷だった。

「最初から、言ってはいただろ。――あやかしを見られるのは、『茶道部員』だけなんだよ」

「え……？　それって……」

「泡沫亭であやかしが見られる条件。中に人間が二人以下というだけじゃない。あそこであやかしが見えるのは、『在学中の茶道部員』だけだ。――卒業したら、泡沫亭に行っても、あやかし達を見ることはできなくなる。声すら、聞こえなくなる」

ざわり、ざわ、ざわ。

心の中を、嫌なものが這《は》いずる。

「な、なんですか、それ」

風が強くなってきた。葉擦れの音は、俺を見下し、せせら笑っているかのようだ。

「狐珀は今も泡沫亭で——あそこから出ることもできず、自分から会いに行くこともできず、道園さんに会いたくて寂しがってる。なのに、あの人からはもう、狐珀のことが見えないっていうんですか？」

「そうだよ。見えないし、声も聞けない。そこに存在することがわからない。——そう、なってしまうそうだ」

震えも噛みもしない、いっそ淡々とすら聞こえる調子で、今まで微塵も知らなかった事実を突きつけられる。

「今の道園先輩が皆のところに行っても、ただ何もない、がらんどうの茶室に見えるだけだろうね。……けど、別におかしなことではないんだよ、三軒」

夜という時間は、全てのものを不気味に見せる。

目の前の人の、笑顔ですら。

「あやかしの存在自体、人間にとっては不可思議で、不確かなもの。本来見えるはずなかったものが、また見えなくなる、それだけだ」

「それだけ、って……！」

かっと頭に血が上る。どうしてそんなふうに言うのか。道園さんはともかく、あなたは、あやかし達を大切に想っているはずじゃないのか。

まだほんの少ししか皆と過ごしていない俺だって、あやかし達との新鮮で濃密な時間に、もうすっかり惹かれてしまっているのに。なのに、どうしてあなたがそんなことを言うんだ。どうして――

「どうして今まで俺に、何も教えてくれなかったんですか」

裏切られた気分だった。俺だってもうあやかし達に関わっている。秘密を共有しているのに。そんな大事なことをちゃんと教えてくれていなかったなんて、酷いんじゃないか。あやかしを見られるのは「茶道部員だけ」と言われていたって、まさか卒業したら見えなくなってしまうなんて、思わないじゃないか。

――俺は、どんな返事を期待しているんだろう。謝罪？　弁明？　それとも、全て冗談だったと言われること？　自分でもわからない。

そして湯季先輩の反応は、俺の想定したどれでもなく。

彼はただ、微笑した。馬鹿にするような笑みではない。自嘲《じちょう》のようであり、同時に何か諭《さと》すようでもあり。その笑顔を正しく形容できる言葉はこの世に存在しない気がした。少なくとも、俺の辞書には載っていない。

「教えたところで、変わらない」

不可思議な笑顔でそんなことを言われ、俺は口をつぐむしかなかった。

理解不能すぎて呆気《あっけ》にとられたというのもあるけれど、それだけじゃない。

意味こそ理解できないものの、はぐらかされているわけではないんだろうと、そんな真剣さだけは、伝わってきてしまったからだ。

「さて、それじゃあ三軒。俺はこっちだから」

湯季先輩はそのまま、何事もなかったかのように去って行ってしまう。足音もろくになく。

その場には俺一人が虚しく残され、立ち尽くしていた。

「三軒？」

翌日の放課後。俺は一人で泡沫亭に行った。

　昨夜の話を聞いてから落ち着かなくて、なんだかいてもたってもいられなかったのだ。誰もいないかもしれないと思っていたが、玄関の鍵は開いていて——茶室には、中から鍵を開けたのであろう、玖狸と狐珀の姿が。

「三軒、三軒」

「ぐえ」

　玖狸は尻尾を揺らしつつ、こちらに突進してきて跳ねた。頭がちょうど俺の鳩尾《みぞおち》に入り、危うく胃の中のものが逆流しそうになる。

「玖狸……飛びついてくれるのは嬉しいけど、できればもっと優しくしてくれ」

「ごめん。三軒、今日、会えると思ってなかった。だから、嬉しくて」

　ふわふわな毛で覆われた頭をすりすり擦りつけられ、あまりの可愛さに、まだ痛いはずの腹のことなんてどうでもよくなる。多分今鏡を見たら、頬の緩んだだらしない顔になっているんだろうな。

「……ん？　でも、俺が来ると思ってなかったんなら、なんでここにいたんだ」

「わたしは、狐珀の、付き添い」

「狐珀の？」

　彼女のほうに視線をやれば、狐珀は昨日と同じように、茶室の隅で膝を抱えている。

「狐珀、なんとなく、今日もここに来たくなったって。昨日、葉真の話、したから」

「懐かしくなったってことか？　でも……」

ここに来たって、道園さんに会えるわけじゃないのに。

そんな言葉が喉までせり上がったが、口にするのはさすがに無神経だと思って飲み込んだ。お茶に奇声に悲鳴にと、最近の俺は飲むものが多い。

「別に、葉真に会えなくてもいいのよ。ただここにいて、ここの空気を感じて……この外のことを想像するのが、好きなの」

俺は確かに、言葉を飲み込んだはずだ。だが狐珀は俺の言おうとしたことを察したようで、微笑を浮かべてそう言った。

「想像？」

「そう」

狐珀は頷き、遠くの音に狐耳を澄ますように、そっと目をつむる。

「私達は、ここから出ることはできないわ。だけどこの外には、人間の世界がひろがっている。たくさんの人間が毎日、勉強したり、皆で遊んだり、楽しく過ごしている。そう思うとね、私まで、楽しくなるの」

目を閉じたまま微笑を浮かべる彼女は、不特定多数の「人間」よりも、特定の「誰か」を想っているように、俺には見えた。

「あの、さ」

「なあに？」

「昨日、例の、道園さんって人に会ったよ」

「葉真！」

狐珀は、ピンと耳を立て反応した。

「三軒さん、葉真に会ったの？　ねえ、葉真はどうしてた？　元気だった？」

「あ、ああ。元気そうだったよ」

「そっか！」

俺のたった一言だけで、狐珀はぱっと顔を明るくする。

「よかった。葉真は、元気なのね……」

「……でも、それで、その。気になることを聞いたんだけど」

「気になること？　なあに？」

「いや、えっと……」

もごもごと、言っていいものだろうかと踏ん切りがつかずにいると、玖狸がてしっと俺に触れた。

「三軒、言いたいことは、言ったほうが、いい」

つぶらな黒い瞳が、気遣うように俺を見上げる。

「……その。あやかしの姿は……人間には……」

卒業したら、人間には、あやかしの姿は見えなくなってしまう。

いまだに信じられない。道園さんには、もう彼女達を見ることも、声を聞くこともできないなんて。

そして、それを知ったら、狐珀はどれだけ傷つくんだろう――

「ちなみに、卒業したら、人間からわたし達、見えなくなることだったら、皆知ってる」

「あれ!?」

玖狸の発言で、躊躇《ちゅうちょ》と苦悩を一瞬にして吹っ飛ばされた。

「な、なんで？　なんで知ってるんだよ！」

「だって皆、ずっと前からここ、通ってる」

玖狸がそう言い、狐珀も頷く。

「昔、お友達から聞いたわ。卒業しても会いに来てくれた人間が、自分が目の前にいるのに、全然見えていなかったって」

「わたしも、噂で聞いた。卒業したら、皆、見えなくなる」

「いやいや待て待て、なんで誰も、俺に教えてくれなかったんだよ」

「三軒が知らなかったの、わたし、知らなかった」

「私も。湯季に聞いてなかったの？」

「微塵も聞いてなかったよ。なんなのこれ、いじめ？　俺、嫌われ者なの？」

さすがにずーんと暗い気持ちになり、膝を抱えて丸くなる。

「わたし、三軒、好き」

玖狸はぽんぽんと俺の背を叩いてくれた。優しい。涙出そう。

「……てか、鬼更だってそんな話知らないんじゃないのか？　湯季先輩のこと婿にするとか言ってるくらいだし」

「あ。そうかも。教えてあげたほうが、いい」

い、いや、その役目は俺には荷が重すぎるだろ。鬼更にそんなことを言ったら暴れ出されそうな気がする。いつかはちゃんと教えてあげるべきだが、今の俺にその勇気はないぞ。

「あー……でもさ。それって、他の皆は、いつか認識されなくなるって知ってて、俺や湯季先輩や、道園さんと一緒にいたっていうのか？」

玖狸と狐珀は一瞬だけ顔を見合わせ、すぐに頷いた。

「そう。わたし達、知ってて、それでも人といること、望んでる」

「ええ。私達はたった三年で、茶道部の人から見えなくなってしまう。でもね、それでも——」

狐珀は微笑を浮かべる。陽に照らされた雪のような、眩しい笑顔。

「それでも、人と関わることが、好きだから」

「……辛く、ないのか？」

必ず別れがあるとわかっていて、それでも関わることを選ぶなんて。

もし自分だったら、と想像しただけで胸が締めつけられる。三年間共に過ごした相手から認識されなくなるなんて、俺は、耐えられない。

「……あやかしの世と人の世と繋がっている場所は泡沫亭だけではないし、昔は今よりもっとそういう場所が多かったから、知っているんだけど。もともと人間は、私達あやかしよりずっと寿命が短いもの、なんでしょう？　あやかしにとって、人間と一緒にいられる時間は、短い間にすぎないのよ。それは最初からわかりきっていること。

——あやかしと人間が繋がれる時間は、一瞬なの」

幼い子のような外見で、しかし幼い子を諭すような口調で、狐珀は語る。

「……寂しくない、と言ったら嘘になるのよ？　そこまで割り切ることはできないもの。人とお別れするのは、すごく、寂しい」

　狐耳がしゅんと垂れる。だが次の瞬間には、またピンと天井を向く。

「でも私は、人と過ごすその一瞬が好きよ。どんなに僅かな時間でも、それは星が瞬くみたいに、とっても素敵なことなの」

　表情は言葉より雄弁だ。狐珀の顔を見ていれば、それだけで、彼女にとって人との交流がどれだけ尊いものなのか伝わってくる。

「葉真と過ごした二年半も、とっても楽しかった。……ねえ三軒さん、私と葉真が初めて会ったとき、葉真がなんて言ったか、わかる？」

「え、いや……なんて言ったんだ？」

「『なんじゃこれ、面白えー！』って。葉真、おなかを抱えてげらげら笑ったの」

　そのときの様子を思い出しているように、狐珀はクスクスと笑う。

「なるほど、それは容易に想像できるけど……。いいのか、そんなんで？」

「いいのよ。だって普通の人間は、私達を怖がったり、存在を認めてくれなかったりすることも多いから。そんなふうに、最初から笑顔を見せてくれて、とっても嬉しかった」

ギクッとしてしまう。そうだ、初対面の反応に関しては、俺は他人をどうこう言える資格はなかった。

「あ、別に三軒さんのこと責めてるわけじゃないのよ？　三軒さんは、最初は怖がってたそうだけど、今は皆と仲良くしてくれているし。優しい人なんだって、玖狸から聞いて、わかってるもの」

「あ、ありがとう」

「葉真は変わり者だったのよ。……そんなところが、楽しかったの。だっておかしいでしょう、最初から、『本物かよー』って遠慮も躊躇もなく私に触れて、ぐりぐり頭を撫でて。私はあやかしだよって言っても、『マジでー？　そんなん実在したんだ。超ウケる』って。それで、『まあ、せっかくだし茶でも飲んで話そうや』って、お茶を点ててくれた」

なんというか、実に彼らしい。俺は昨夜一度しか道園さんと会ったことはない。だけどそのたった一度だけで、彼はいい意味でも悪い意味でも、他人に遠慮がないし緊張というものをさせない人だとよくわかった。

「卒業したら私達のことは見えなくなるっていうのもね、葉真には、最初に私から伝えたの。そうしたら『三年間限定!?　めっちゃレアじゃん。じゃあこの学校にいる間、俺ここ通いまくるわ』って。それから本当に、よく来てくれるようになった。皆がお茶が飲みたいって言ったら、点ててくれた。

……葉真は気分屋だし、突拍子もないことばかりで、皆よく振り回されたわ。でも私にとって葉真は、明るくて楽しい、お兄ちゃんみたいな存在だった。……あやかしが人間にこんなことを思うなんて、おかしいかしら？」

「おかしくないよ」

どんなことだって、想うのは自由。何より狐珀の気持ちは尊いものだ。否定したくない。玖狸も、こくりと頷く。

「うん。おかしくない。わたしも、三軒、可愛い弟みたいって思ってる」

「あれ⁉　俺が弟でしたか⁉」

あやかしと人間だから、年齢的には正しいのかもしれないが、ふわふわまん丸の狸に弟扱いされるのは複雑な気分だ。

狐珀は俺と玖狸のやりとりにクスクスと笑った後、また道園さんの話に戻る。

「……葉真がお兄ちゃんみたいだって思うのはね、私に、人間世界のいろんなことを教えてくれたから。私は外に出られないから、葉真はここに、いろんなものを持ってきて見せてくれたわ。

あるときは、本。絵本や漫画、雑誌、どれも、あやかしの世界にはないものばかりで。私達にはとても新鮮で、皆夢中になって読んだわ。そこから、私達はここの外の知識を得ていった。字が読めないあやかしには、葉真が読んで聞かせてくれた。

あるときは、『すまほ』に撮った写真。外の世界や、葉真の友達や、いっぱいいっぱいの写真。この外は本当に私達の知らない世界がひろがっていて、たくさんの人間が過ごしているんだって、胸が熱くなった。

それからもちろん、お茶関係のものもいろいろ持ってきてくれたわ。私に、お茶の点て方も教えてくれたの。でも私、何度やってもなかなかちゃんとできなくて。どうも手首の動かし方が変みたいでね、抹茶がうまく混ざらないし、泡の立ち方も綺麗じゃなくて……。それでも葉真は、『なんだこれまずいなー』って笑いながら、いつも全部飲んでくれて……」

語る声は滑らかで、ともすれば歌を聴いている気分にもなった。耳と心にすっと入ってくる、澄んだ語り。

「でも葉真は変わり者だから。持ってくるものの中には、変なものもたくさんあったわ。だからこそ、次会うときは何を見せてくれて、どんなことをしてくれるんだろう？って、いつもドキドキした」

聞きながら、俺は狐珀の語る過去を想像していた。

なにせ俺の中の道園さん像が、昨夜の狐面の変人なので、いい場面をイメージしようとしても、腹を抱えてげらげら笑っているところくらいしか思い浮かばないが。それでも、そんな想像の道園さんの隣で、狐珀は嬉しそうに微笑んで、ふさふさの尻尾を揺らしていた。

「もう会えなくても……もう葉真が私のことを見えなくて、声も届かなくても。私はずっと忘れない。楽しい時間があったことは、確かだもの」

狐珀は笑顔だ。ただ、内に秘めた想いが零れてしまっているように、耳の先端が下を向いている。

「……狐珀は、優しすぎないか」

彼女の語りが、笑顔が、温かすぎるからこそ。どうしようもない気持ちが俺の中で膨れ上がる。

「もっと、怒ったって、暴れたっていいんじゃないか。だって道園さんは、狐珀に別れも告げずに……」

飽きた、と。そう言った昨夜の彼が脳裏を過る。そんな一言で、こんなに健気《けなげ》な彼女との関係を放り出すなんて、酷いとしか思えなくて。

「ふふ、そうね。ちゃんとお別れの挨拶ができなかったのは……寂しいわ」

目の前の微笑は、苦笑に変わる。自分の胸をかきむしりたい気分だ。こんな顔を前にして、俺は彼女に何もしてやれない。この子が想っているのは、俺じゃなく道園さんだから。

「……本当言うとね。ずっと、もう一度、葉真に会いたいの。また葉真の点ててくれる、あったかいお茶が飲みたい」

俺や湯季先輩では駄目なのだ。同じお茶であっても、狐珀にとって、道園さんが点てたものは特別だから。

「でも、無理だってわかってるから。元気でいてくれたなら、それで、いいの」

諦めを孕んだ笑顔での言葉は、自分に言い聞かせているようにも感じられる。

「それ以上を、望んじゃいけないよね……」


舗装された道路に、靴音が響く。

昨日は隣に湯季先輩が歩いていたが、今日は一人だ。あの人はほとんど足音を立てないから、響く音に昨日とそこまで変わりはないけれど、それでもやっぱり、隣に誰かいるかいないかという違いは大きい気がする。一人で歩いていると、誰かと一緒にいるときより、少しだけ寒いというか。実際の気温がどうであれ、そんなふうに感じる。

「おい」

「うひょお！」

ぼんやりと歩いていたところで後ろから声をかけられ、あとはまあいつも通りのリアクション。振り返ると、狐面をつけた人が、くっくっと肩を震わせて笑っていた。

「え、あれ、道園さん？」

「いや、昨日の奴だなーと思って声かけてみたんだけど……いくら驚いたからってそんな声出る？」

面白がるような笑い声にむっとする。こっちだって別に出したくて変な声出してるわけじゃないっての。

「ところで、三軒っつったか。今日、茶道部の活動日じゃねえはずだよな。なのにこの時間って、またあやかし達に会ってたのか？」

「……はい。玖狸と、狐珀に会っていましたよ」

「昨日の話。湯季から、まだ教えてもらってねえの？」

「いえ。教えてもらいましたけど……」

「へえ。じゃ、言っとくけどさ」

間を置かず、流れるように言われた。

「これ以上あやかし達と関わんの、やめとけば」

道園さんは狐面をつけている。その表情はわからない。

声だけなら、軽い調子だ。飄々と「その葡萄《ぶどう》、すっぱいから食うのやめとけば」と言う程度のもの。声、だけなら。

「やめとけって、どうしてですか」

「だってさ、見えなくなるんだぞ。最後にそうなるんだったら、どんだけ一緒にいたって意味ないじゃん？　いくらあやかしがレアな存在だってさ、世の中には他にもいろいろ、面白いことがあるぜ。だからさ、他の面白いことを見つけたほうがいーって」

ぺらぺらと早口気味での言葉は、やっぱりどこまでも軽く聞こえる。

……けど、同時に。もしかしてこれは、わざとそうしているんじゃないか、と。そう、捉えられたから。

「つかさー、あれだな。この世に無限にある面白いことを制覇するためには、一つ一つにそう時間をかけるべきじゃねえっつーか……」

「道園さん」

狐面の奥の彼の表情は、想像するしかない。不思議なものだ。こんなに近く、目の前にあるはずなのに、遮《さえぎ》るもの一つで簡単に答えなんて見えなくなってしまうんだから。

「『飽きた』なんて、嘘なんじゃないですか」

——ぐっ、と。

肩を掴まれ、狐面をつけた顔を近づけられる。

強い力、凄《すご》むような距離。これなら、表情が読めなくてもわかる。この人は今、自分の調子を……余裕を崩されて、焦り苛立っているんだ。

「……な、なん、ですか？　何か、い、言いたいことでも？」

びびりにだって矜持はある。声はつっかえまくったし、心臓は太鼓《たいこ》乱れ打ちのような状態だけど、眼前の狐面から、目だけは逸らさなかった。

まだあやかし達と出会ったばかりの俺に、この人の気持ちはわからない。三年に近い月日を共に過ごし、なのに見えなくなってしまった、その気持ちは。

けど、どんな気持ちがあるんだとしても。別れも告げずに離れて狐珀を寂しがらせているこの人を、俺はもどかしく思うんだ。

飽きたなんて嘘じゃないのか。あなたは自分に嘘をついているだけなんじゃないのか。だってあなたには、狐珀が語ったような、あの子との思い出がたくさんあったんじゃないか。

道園さんは俺の肩を摑んだまま、しばらくの間無言でいた。俺のほうからも何も言えず、気まずい沈黙が流れる。

やがて、肩を摑む手から力が抜けた。ふっと軽くなった肩。けれど代わりのように、今度は言葉が、ずしりと体を軋《きし》ませる。

「いつか、後悔する日が来る。笑い合った分だけ、泣くことになるぞ」

最後まで狐面を外さず、表情を見せないまま。彼は背を向けて歩き出す。早足で遠ざかり、やがてその背中さえ見えなくなった。

彼の姿が完全に目視できなくなったところで、俺は——

「……心臓潰れるかと思ったぁぁぁ」

ずるずると、その場に座り込む。肩を摑まれてあんな狐面を近づけられるとか、びびりにとっては瀕死《ひんし》案件《あんけん》だ。強がっていた分反動がどっと来たように、いつもより多く震えております状態。

まあ俺のようなびびり歴の長い熟練びびりは震えに慣れているので、体の振動がおさまらないままでもひと息吐いて気持ちを落ち着け――彼の言葉を、反芻《はんすう》する。

道園さんの言い分はわからなくはない。むしろ、彼のような考え方のほうが普通なのかもしれない。

同時に。普通とは言い難い、いつも笑顔のあの人のことが頭を過る。

あの人は、どんな想いでこれまで、あやかし達と接していたんだろう。


翌日の昼休み。

「ねえ。今からお茶しない？」

街中で女の子から言われようものなら飛び上がって喜べる台詞。だがここは街中ではなく学校で、俺にそんなことを言ってくれる女子なんていない。目の前で柔和な笑顔を浮かべているのは、大和撫子のような雰囲気を醸《かも》しつつもしっかり男子な湯季先輩だ。

一昨日微妙な空気で別れてしまったので、顔を合わせづらいと思っていたのだが。

そんな俺の内心などまったく関係ありませんとばかりに、湯季先輩はあくまでいつもの調子だったわけだ。

断る理由はなく、むしろ聞きたいこともあったので、俺は素直に彼について泡沫亭まで行った。

「ふう。食後のお茶というのも、いいものだよね」

そんなわけで俺は茶室で湯季先輩と、昼食後のお茶をいただいている。

「……湯季先輩。俺、卒業したらあやかしを見られなくなるって知って、考えていたんです」

「そう」

ここは「何を？」と聞いてくれるところじゃないのか。聞かれなくても勝手に喋るからいいけどさ。

「俺達は、あやかし達とずっと一緒にいることはできない。なのに、どうして湯季先輩は、あやかし達にお茶を点てるんだろうって」

「俺があやかし達にお茶を点てる理由なら、前言ったはずだけど？」

「それはまだ、卒業したら皆のことが見えなくなるって、知る前だったんで。知った後だと、また意味が違ってくるじゃないですか」

「そうかな。変わらないと思うけど。そもそも、卒業したら泡沫亭に来ること自体、難しくなってしまうだろう」

「わかってますよ。そりゃ俺だって、一生あやかし達といられるとかは思ってませんでした。けど……卒業しても、ここに来ればいつでも会えるのと、二度と会えなくなるのとでは、全然違くありませんか」

その気になればいつでも会えること。どうやっても二度と会えないこと。同じ「別れ」であっても、この二つの差は非常に大きいと思う。

少なくとも、俺にとっては違う。今後、あやかし達と過ごす時間の重さが。

「それで？　三軒、君は、考えた末に、どんな答えを出したのかな」

「はい。めっちゃ考えまくったんですけど、結局答えとか出せるはずがなかったんで、教えてもらおうと思って」

「…………」

湯季先輩はお茶をすする。口を離してほうっとひと息。優雅な笑顔のまま尋ねた。

「え、それは堂々と言うことかな？」

「一応、一昨日から考え出して、昨日も頭を悩ませまくって——って、ちゃんと考えたことは事実ですよ。最初から思考を放棄するのと、考えたけどわからなかったのは、違うと思いませんか。

それに、いくら考えたところで、俺が出せるのは『俺の答え』だけなんです。だってこんなの、唯一の解答がある問題じゃないし。俺が聞きたいのは『湯季先輩の答え』なんですよ」

今度は俺が自分の茶碗を傾け、中身を飲み干す。

「……どうして、二度と会えなくなるとわかっていて、笑顔でいられるんですか」

気づくと俺は、茶碗の飲み口を指で拭《ぬぐ》っていた。これは客の所作の一つだ。高校に入学するまでの俺にはこんな習慣一切なかったのに、今では無意識に行っている。影響されている。まだ二ヶ月も経っていないのに、今の日々に、もう。

「三軒。君は、『山上宗二記《やまのうえのそうじき》』は知っている？」

「へ……？　いえ、知らないですけど」

突然なんの話だ。湯季先輩の言動は読めない。

「山上宗二記は、利休の弟子である宗二が残した、利休の茶の湯を知るための重要な茶書だ。そしてその中で、利休の教えとしてこんなことが書かれている。常の茶会であっても、一期《いちご》に一度の会――生涯に一度の会のようにふるまうべきだと」

「生涯に一度の会……？」

「幕末の大老井伊《たいろういい》直弼《なおすけ》は、茶書『茶湯一会集《ちゃのゆいちえしゅう》』においてそれを『一期《いちご》一会《いちえ》』と表し、亭主と客が実意をもって交わるべきと記している」

「え。一期一会ならよく聞きますけど、茶道に由来する言葉だったんですか？」

「そうだよ。……たとえ何度同じ亭主、同じ客で茶会をしたとしても、まったく同じ茶会なんて二度とない。全ての茶会が一生に一度きりのもので、繰り返されることはない。だからこそ、一度限りの巡り合いを大切にする。常に生涯に一度の出会いであるような気持ちで、亭主も客も誠意を尽くす。そういう心構えが大切なんだ」

湯季先輩は空の茶碗の中に視線を落とす。まるでその中に、何かを見出すように。

「三軒、俺はね。次の機会なんてものがあると限らないのは、あやかしでなくとも、誰でも同じだと思う。いつでも会えると思っていて、だからまともに向き合おうとしなくて、その相手と二度と会えなくなってしまうことは、人間だって当たり前にある」

湯季先輩は表情を崩さなかったし、俺も大袈裟《おおげさ》に反応しないようにしたが、何を言いたいのかはすぐにわかった。今湯季先輩の脳裏にはきっと、亡き祖父のことが過っている。

「いつ会えなくなるかわからないのは——いつかは確実に別れることになってしまうのは、人もあやかしも同じだ。いや、卒業したら見えなくなる、と確実にわかっている分、あやかし達とのほうが心の準備がしやすいかもな。……だからといって、楽なわけではないけれど」

「別れると、知っていながら交わるのは、辛いですよね」

「三軒は、辛くないほうがいい？」

「そりゃ、辛いか辛くないかでいったら、辛くないほうがいいですよ。俺、別にマゾヒストの気はそんなにはないんで」

しなくてすむのであれば、誰だって辛い思いなんてしたくない。

「……けど、狐珀を見ていたら……」

思い出すのは昨日、彼女が道園さんについて語っていたときのこと。あの、眩しい笑顔。

寂しそうに俯けた顔や垂れた耳よりも、あの顔のほうが、強く瞼の裏に焼きついていて離れない。

別れた後でも、あんな笑顔で過去を語れるのなら、それはとても尊いことのように思う。

「……まあ、できれば、最初から話しておいてほしかったですけど。卒業したら見えなくなる、ってこと」

「あはは」

「笑って誤魔化さないでくださいよ」

「さっきも言っただろ。変わらないんだよ。俺達のやるべきことは。知っていても、知っていなくても、別れは必ず訪れる。同じ時間は二度とない。それが当たり前なんだ。だから俺達は、余計なことは考えず、ただ皆に心を尽くしてお茶を点てればいいのさ」

「でも……」

「もし辛いなら、ここから抜け出すことは、君の自由だけどね」

「え？」

突然、何を言い出すのか。

「あやかし達との茶の湯は、俺が好きでやっていることだ。強制力なんて何もない。君が参加する義務は、ない。……今なら、引き返せる」

黒い瞳が、じっとこちらを窺う。俺の目を見ているというより、その奥の、目では見えないものを確かめようとしているかのようだった。

「……そう、ですかね？」

俺はあえて彼から目を逸らし、ぐるりと室内を見渡す。

「俺は……そうは、思いません」

いつも皆が集まる空間。昨日も玖狸と狐珀と話したこの場所。まるで現実と非現実の境のようで――けれど俺にとって確かに現実である、不思議な茶室。

道園さんは昨夜、これ以上あやかしと関わるのはやめておけと言っていた。けど。

今からそうしたところで、きっと無駄だ。

もう充分、手遅れだよ。

「出会って、一度でも一緒にお茶を飲んだら、引き返すなんてできないんじゃないですか」

そう、思ったから。

――俺は狐珀と道園さんのことに対し、とあることを、閃いた。


日々暖かくなってきているとはいえ、夜はまだ冷える。

今日は特に気温が低い。夜風に吹かれて温かいお茶を恋しく思いつつ、周囲――学校付近、通学路を見回す。さっきからずっと人探しをしているのだが、目当ての人物がなかなか見つからない――

「誰か探してるのかい」

「うきゅお！」

と、思っていたところで、背後からぽんと肩を叩かれる。

振り向けば、狐面をつけた男……道園さんが立ってた。探していた相手だ。昨日も一昨日も会っているので、これで三日連続この人と遭遇《そうぐう》していることになる。

「相変わらず変な声出すなあ、おまえ」

それにしても湯季先輩といいこの人といい、前回の別れが気まずくても普通に話しかけてくるのは、嫌な空気を引きずらないための気遣いなのか、あるいは根っから変人だからなのか、どっちだ。

「道園さんが怖いからいけないんじゃないですか」

「失礼だな、俺のどこが怖いってんだよ」

「突然背後から肩を叩くとか、ショック死を狙った殺人鬼じゃないですか」

「冤罪《えんざい》にもほどがあるだろ」

「あと、そのお面。夜にそういうのつけられてると怖いんですよね」

「わかってねえな、夜だからこそいいんだろ。こういう奇怪な面をつけて夜道を徘徊《はいかい》し、通りすがった人に目撃され怪談話として語り継がれていくのがマイブームなのだ」

「そんな迷惑なマイブーム初めて聞きました。そのうち通報されますよ。いいから取ってください」

「はいはい」

道園さんは狐面を外す。

すると下から表れたのは、般若《はんにゃ》の顔。

「きょえええええええええ!?」

「驚いたか。今日は狐面の下に般若マスク装着という二段重ねだったのだ」

笑いながら、道園さんは般若マスクを外す。ようやくちゃんとした人間の顔が現れた。

「そんなことして楽しいんですか？」

「楽しいね。おまえのびびりっぷりが面白すぎて」

狐珀はこのクズのどこがいいんだろう。駄目男に貢《みつ》ぐ女子を心配する心境になる。

「……まあ、いいです。それより、会えてよかった。あなたを探していたんです」

「へえ？　なんで？」

「単刀直入《たんとうちょくにゅう》に言います。狐珀と、もう一度会ってください」

「は？」

ビクッと肩が跳ねる。ちょっと本気で怖かった。心臓を吐きそうになった。今絶対、喉ぐらいまでは上がってきてた、俺の心臓。

「なんでそんなこと、おまえに言われなきゃならないんだよ」

「……狐珀が、寂しがっているからです」

「おまえ、俺が昨日言ったこと、何もわかってねえな。卒業したら、人間はあやかしを見られなくなる。今の俺が行っても意味ねえよ」

「そうですけど。でも、人からあやかしが見えなくなっても。あやかし達には、人の声が届くんでしょう？」

玖狸から聞いた。認識できなくなるというのは、人間があやかしを、というだけで、あやかしには卒業生でも見えるらしい。

「ならせめて、一言でも、ちゃんとお別れを言ってもいいじゃないですか」

「やだね。なんでそんなことしなきゃなんないんだよ」

「ふむ、面白くない、ってことですか？　……なら、面白いことをしましょう」

「はあ？」

「道園さん。俺と、勝負してください」

ビシッと道園さんを指さす。人を指さしちゃいけませんと子供の頃学校の先生から教わったが、今だけ許してほしい。こんなときくらい、かっこつけたいので。

「おまえ指先めっちゃ震えてんぞ。かっこ悪っ」

「そういうのは見て見ぬふりをするのが優しさですよ。それより、勝負、してください。俺が勝ったら、狐珀に声をかけてあげてください。逆に俺が負けたら、なんでもします。どうです、これならちょっと面白いでしょう？」

今まで聞いた話や本人の言動からして、この人は「面白いかどうか」にこだわりがあるんだろう。だから、あえてこういうやり方でいく。争いごとが苦手で平和主義な俺がこんな提案するなんて、本来ありえないのに。慣れていなさすぎて、毒キノコでも食べたかのように手足が震えているレベル。

「勝負って、何するんだよ」

「ここは一つ、茶道部らしい勝負といきましょう。……闘茶です」

「は？　闘茶って……どこでやんだよ。俺は泡沫亭の中には行かないぞ」

「道園先輩、それなら」

「びゅわあああ」

突然・唐突に湯季先輩がひょいっと顔を出してきた。

「ゆ、湯季先輩はなんでそんなに気配がないんです、びっくりしたじゃないですか。

俺の心臓が三回転半ジャンプを決めましたよ」

「ジャンプだけならまだわかるけど、回転までするの？　三軒の心臓ってすごいね」

「てか湯季、いたのか」

道園さんが湯季先輩に視線をやる。

「ええ。あなたのことを、三軒と手分けして探していたんですよ」

「おまえらはスマホという文明の利器を知らないの？」

「いやだって、俺は道園さんの番号とか知りませんし」

「俺は知ってますけど、先輩は逃げることが得意なので、直接捕まえたほうが早いと思って。どうせ今日もこの近く……うちの学校の近くを、うろついているんだろうと思いましたし」

湯季先輩は少し意味深な感じに笑い、反対に道園さんは眉を顰めた。人の不機嫌な顔が苦手な俺は、それだけで湯季先輩の後ろに隠れたくなる。

ただ、湯季先輩も言ったように。今日また道園さんと会えたのは、俺達が探していたせいだけじゃないというのはわかっている。

「道園先輩。あなたは、逃げただけでしょう。あやかし達との別れから」

「……言うじゃねえか、湯季。俺が逃げて、嬉しかったくせに」

「なんのことですか？」

何やら不穏な空気。心臓が落ち着かない。

「湯季。おまえは、俺がいなくなってよかっただろ。おまえは誰かに必要とされることで、自分の存在を認めてほしかったんだから。俺が消えて、自分だけがあやかし達に求められるようになって、嬉しかっただろ。だから卒業まで俺に何も言ってこなかったくせに、後輩ができたから今更かっこつけるのか」

そこで道園さんは、俺のほうに視線を向ける。

「三軒。おまえも気をつけたほうがいいぞ。今のおまえは、まだ湯季の力を必要としている頼りない後輩だから可愛がられてるかもしれないけど。おまえがこいつを必要としなくなって、今よりあやかし達に求められるようになったら、こいつのおまえを見る目は変わる。もしこいつを、落ち着いて完成した先輩だとか思ってんなら、それは間違いだ。危ういぞ、こいつは」

手足はまだ震えている。一向におさまらないどころか、だんだんひどくなっている気すらする。

「……それがなんですか」

でも大丈夫。だってまだ、立っていられる段階だ。

「湯季先輩が何考えてるかなんてわかんねえし、先のことなんかもっとわからんです。だけど、今俺にとって湯季先輩は、すげえ変人だけど優しい、いい先輩です。それで充分です」

大丈夫、大丈夫。俺はまだ腰が抜けていないし気絶もしていない。震えるくらいのこと、今時スマホだってする。ちょっとバイブレーション機能が強になっているだけだ。

「つーか俺は、今そんな話はしてません。闘茶、やりましょうって言ってるんです。それとも、この勝負からも逃げるんですか？」

鬼更とかに比べたら、道園さんなんて全然怖くない。大丈夫。そう自分に言い聞かせ、滅多にやらない、わかりやすい挑発というものをする。大丈夫。少なくとも道園さんは、鋭い牙で人を食おうとしたりしない。

道園さんは舌打ちを一つし、くしゃくしゃと頭をかいた。

「わかったよ。そこまで言うならやってやるけど、泡沫亭の中にゃ行かねえからな」

「それなら、学校まで来てくれれば、泡沫亭の中まで行かなくても、俺と三軒がお茶を運びますよ」

湯季先輩は、さっきの道園さんの言葉を引きずる様子も見せず、笑顔で提案した。

そうして俺達は学校まで移動し、道園さんは泡沫亭の外に待機。俺と湯季先輩は茶室へ行き、お茶を用意することになった。

やがて盆の上にお茶を乗せ、道園さんのところへ戻る。泡沫亭の外——露地と言うんだっけか、緑の美しい庭部分だ。

今はまだ、熱心な部なら活動している時間帯だが（だからこそ校門も開いていた）泡沫亭は校舎の裏手にある上、周囲に木々が生い茂っているため、ここなら他の生徒から見つからない。

湯季先輩は道園さんに、今回の勝負の説明をする。

「道園先輩もご存じかもしれませんが、闘茶には多様なルールがあります。ただ、始めの頃はお茶の本非……京都《きょうと》栂尾《とがのお》産《さん》のものを本茶《ほんちゃ》、それ以外の産地のものを非茶《ひちゃ》として、それを飲み当てるものが行われていました。でも俺達、特に入部したばかりの三軒には、お茶の産地を当てろというのは難しいですからね。そこで、今回は特別ルールにさせてもらいます」

「特別ルール？　どんなだよ」

「今ここに、お茶が五服分ありますよね。この中には、俺が点てたものと、三軒が点てたものがあります。道園先輩には、どれが、誰が点てたものか当てていただきます。正解数が三以上なら道園先輩の勝ち、そうでなければ三軒の勝ち、ということで。なお、答えを誤魔化されるんじゃないかと心配されるかもしれませんが、あらかじめ紙に書いておきましたので。どの茶碗のお茶が誰が点てたものか、答え終わった後、道園先輩にも確認していただきます」

「ん？　なんだよ、勝負を持ちかけてきたくせに、おまえは飲まないのか、三軒」

道園さんが、俺のほうを向いて訝《いぶか》しげな顔、をしていそうな声で言う。なおこの人、また狐面を装着しているため表情はわからない。

「飲みませんけど、点てましたから。茶道部に入って二ヶ月も経っていない俺が、湯季先輩のと比べてわからないほどうまくお茶を点てられていたなら、俺の勝ちってことじゃないですか。これは完璧《かんぺき》で公平な勝負です」

「……なんか納得いかねえ。おまえら、ズルとかしてんじゃねえだろうな」

道園さんの声は疑いの色が濃いが、湯季先輩はにこにこと笑いながら言う。

「やだなあ、後輩を疑うんですか？　別にズルはしていませんよ。それに、道園先輩が完璧に当ててくれれば終わり、というだけの話です」

はあ、と道園さんは大きなため息を一つ。「もう面倒くせえ。とっとと終わらせて帰るぞ」とばかりに狐面を外した。

湯季先輩が、彼にお茶を渡す。まず一服目。

「……これは三軒のだろ。混ざり方が微妙だし、茶碗の内側に若干抹茶が付着してる。

湯季のなら多分、こうはならない」

正解だ。道園さんは、すぐに別の茶碗に手を伸ばす。

「こっちが湯季のだ。三軒のとは泡の立ち方が違うし、口当たりもいい」

また正解。すげえ。勝負を持ちかけておいてなんだけど、そんなふうにちゃんとわかるものなのか。これは道園さんがすごいのか、俺と湯季先輩のお茶に差がありすぎるのか、両方か。

これで既に正解数が二なので、道園さんがあと一回正解するだけで、早くも俺の負け確定だ。

本来なら冷や汗をだくだく流し「やばいやばいどうしよう」となるところだが。

俺は今、焦っていない。

むしろ「これなら大丈夫そうだな」と安堵しているところだった。

——そもそも。重要なのは、闘茶の勝ち負けじゃない。

本当は、闘茶は口実のようなもの。

実をいうと今やっているのは、茶番だ。お茶だけに。……うまくはないな。

ともかく。勝負に負けても、もっと大事なものが勝てば、それでいいのだ。

「じゃあ、次のお茶を」

湯季先輩に促され、道園さんはそのお茶を口に含み――

「……っ」

目を、見開く。

「てめえら」

鋭い視線が向けられる。俺は今すぐにでも土下座して「お許しくださいすみませんすみません」とやりたくなる衝動にかられるが、足に力を入れてなんとか堪えた。

「嵌めやがったな」

「な、なんのことでしょう」

全力で目を逸らすが、道園さんはがっと俺の肩を摑んで逃がさない。

「これを点てたのは、おまえでも湯季でもねえだろう」

「………それが」

まるで冷蔵庫の中にいるかのように震えながらも、俺は、なんとか口を開く。

「誰が点てたものか、わかってしまった時点で、あなたの『負け』でしょう」

風が吹く。ざわ、ざわと、人の心をかき乱すような音を立てて。

――道園さんが今、飲んだお茶。俺も事前に茶室で、同じ子が点てたものを飲ませてもらった。

入れる抹茶の量が多いのか、薄茶なのにやや濃く、茶筅の使い方が下手なせいで混ざり方もいまいちだ。少なくとも湯季先輩が点てたものではないとは、俺にもわかるくらいで。

そして道園さんには、これは誰が点てたものなのか、よくわかるはずだろう。

彼はこれを、何度も飲んできたんだから。

「お察しの通り、それは狐珀が点てたものです。飲んでもらえれば、懐かしくて、会いたくてたまらなくなるかと思いましてね」

俺がネタばらしをし。

湯季先輩も、彼に語りかける。

「……道園先輩。そんなに認めたくないですか。あの子に会いたいと」

道園さんは俯き、返事をしない。無言のまま数秒が流れる。

「湯季。おまえは、変わろうとする奴だよな」

「なんですか、急に」

「俺は」

顔を上げながら、道園さんは狐面をつける。今の顔を隠すように。

「変わるのが、怖かったよ」

——ああ。また、この感覚だ。

現実を割り夢に落ちてゆくように、道園さんの記憶が、俺の意識に重なる。

「ねえ、葉真。これ、なあに？」

「へ？」

高校三年の、夏のことだ。

夕暮れ時の茶室にやって来た俺——道園葉真に、狐珀が見せたのは、一枚のチラシだった。俺が持ってきたものではないし、狐珀はここから出られない。おそらく、この前の部活のとき部員の誰かがここで見ていて、忘れていったものだろう。

「あー、祭りのチラシだ。夏の終わりにな、でかい祭りがあるんだよ。出店いっぱい出るし、花火とかも上がるんだぜ」

もうすぐ夏休み。日に日に陽の光が強くなり、真昼が終わってもだいぶ蒸す。茶よりよく冷えたサイダーでも飲みたい気分だ、と茶道部にあるまじきことを考えてしまうような暑気《しょき》。……それでも、今日もここに来てしまった。

仕方ない。もはや習慣だ。一年生のとき、泡沫亭には幽霊が出るという噂話を聞いて、何それ超面白そうと茶道部に入部し、部活がない日の泡沫亭で一人待ち伏せしていたのが全ての始まり。本物のあやかしに出会えたことに興奮し、それから足しげくここに通うようになったので、用がなくても来るのが癖になってしまった。

「人間のお祭り！」

あやかしの中でも一番仲良くしている狐珀が、ピンと耳を立て目を輝かせる。

「なんだ、行きたいのか？」

「人間のお祭り、気になる……！　行けないけど。私、ここから出られないし……」

たちまち、天井に向いていた耳がぺたんと垂れる。狐珀は感情が耳に出るから、見ていて飽きない。

耳だけじゃない。眉は八の字に下がり、唇はむうっと結ばれていて、いかにも残念、と顔に出まくっている。「しゅん」と落ち込みの音が聞こえてきそうなほどだ。

俺は、そんな狐珀の頭をぐしゃぐしゃと雑に撫でる。

「おまえなー、んな顔すんな」

「だってせっかくお祭りがあるのに、行けないの……面白くないよ。つまんない」

「甘いな狐珀。確かに面白いことは最高だけどな。面白いことが面白いのは、当たり前なんだ。一見つまらんことの中にでも面白さを見つけるのが、真の面白道《おもしろどう》ってもんだぜ」

「おもしろどー？　そんなのあるの？」

「今俺が作った。よし、俺がおまえに、面白道のプロとしての力を見せてやろう。いいか、祭りの日になったら、あることを試してみるぞ」

「試す？　何を？　どんなにやっても、私はここからは出られないわよ？」

「ふふん、何をって、それを言っちゃあドキドキが半減すんだろ。まあ楽しみに待ってろ」

　これは——そうだ、忘れない。

　あの、祭りのときの記憶。

「おおー、すげえ！　初めて試したけど、通じるもんだな！」

　狐珀は泡沫亭から出ることはできない。それればかりはどうしようもない。だがせっかくだし、俺も「狐珀と祭りに来ている感」を味わいたいと思った。

　そんなわけで祭り当日、俺は、スマホのテレビ電話で狐珀と会話していた。狐珀は泡沫亭に、俺は祭りの会場にいる状態。

　あやかしと、スマホを通して会話できるのかは賭けみたいなものだったが、ばっちり成功だ。

「どうだ狐珀、見えるか？　これが人の祭りだぜー」

「うん、見える！　すごい、すごいね葉真！」

画面の向こう、泡沫亭ではしゃいでいる狐珀が見える。狐耳がぴょこぴょこと揺れていた。

「でも、大丈夫なの？　これ、葉真の『すまほ』じゃないんでしょう？」

俺のスマホは、もちろん今俺の手元にあるものだ。狐珀に渡したのは別の奴のもの。

「大丈夫大丈夫。湯季のをちょっと貸してもらっただけだから。まあ無許可で借りてきたんだけど。後でちゃんと返すし」

「……本当に大丈夫なのかな……」

「平気だってー、それより、せっかくの祭りなんだ。思いっきり楽しむぞ」

「ふふ……っ。葉真は、楽しいことや面白いこと見つけるの、うまいよね。すごいなあ」

「別にすごくねえよ。おまえもさあ、俺を待ってるだけじゃなく、自分でもいっぱい、面白いことを見つけろよな。そしたらいつでも楽しいし、笑ってられんだろ。面白いことなんて、探せば案外そこかしこに落っこちてるもんだぜ、多分」

その場のノリで適当なことを言いつつ、出店のほうへ歩く。自然と早足になる。

夜を明るく照らす赤提灯《あかちょうちん》、鉄板から立ち上る煙、そこから漂うソースの香り。太鼓や笛の音色も合わさって——何より、これだけ大勢の人間がいる中で、おそらく唯一俺だけが今、あやかしという存在と繋がっているのだという高揚感《こうようかん》で、胸が躍《おど》っていた。

「おばちゃーん！　りんご飴《あめ》、二つ」

「はいよ。二つも食べるのかい。若いっていいねえ」

「はは。一個は、妹分が食うんだよ」

自分の食い物と狐珀へのおみやげを買っていると、クラスの友人達に発見され、声をかけられる。

「葉真じゃん！　おまえ一人なの？」

「なんだよ、誘ったら断ったから、デートか何かかと思ってたのに」

「一人なんだったら、一緒に回ろうぜ」

「いや。悪いけど、今日は別の奴と回っから」

「別の奴って誰だよ。てかそれ、電話中？」

友人の一人が、俺の持つスマホを指す。

「いいだろ。可愛い妹分と繋がってんだ」

「えっ、可愛い女の子と繋がってんの？　何それ、貸せよ」

期待に満ちた目でスマホを奪われる。が、テレビ電話の画面を見て、そいつは怪訝《けげん》な顔をした。

「何これ。なんで、誰もいねえところと電話繋がってんの？」

もちろん、誰もいなくなんてない。俺はさっきからずっと狐珀と話していたんだから。

だが、以前狐珀から聞いたところによれば、泡沫亭ではあやかしを見られるのは『うちの高校に在学中の茶道部員』のみ。スマホごしであってもやはり、茶道部でない奴には、狐珀がまったく見えないようだ。

「残念だったな。俺の妹分は、馬鹿には見えない」

「んだよ。わけわかんねー」

「仕方ねえよ、葉真だし」

軽い冗談を言って笑うと、友達もつられて笑う。俺は面白大好きで普段から変なことばかりやっているし、周囲も皆それをわかった上で生温かく見守ってくれているので、今更ちょっとやそっとのことでは驚かれない。せいぜい「またこいつなんか変なことやってんなー」と思われる程度だ。

しばらく友達と雑談をし、別れた。狐珀とテレビ電話を繋いだまま、いくつもの出店を回る。

多くの、行き交う人々。夏の熱気、祭りの喧騒《けんそう》。重なり合う、人々の喋り声。

――一人でいるよりも、人ごみの中にいたほうが虚しさを感じる、と、どこかの歌手が歌っていた気がする。

「ねえ、葉真。お祭り、楽しいね！　こうしてると、葉真と一緒に回ってるみたいで嬉しい。ありがとう！」

賑やかな祭りの中で、狐珀の喜ぶ声が、なぜかやけに遠く聞こえて。

さっきの友人達のこともあって、今更だけど本当に、こいつは俺や湯季にしか見えないんだな、と実感した。

限られた人間にしか見えない。最初は、それがいいと思った。誰にでも見えるより特別感があって、面白いと。

面白おかしく生きるのが好きだ。そんな自分に酔っている面もあるんだろうと、自覚もあるが。「変わってるね」と言われることに喜びを感じる人間というのは存在する。俺のことだ。

変であることが好きだ――凡人《ぼんじん》ではないと言われている気がするからだろうか。自己分析とか小難しいことは好きじゃないから、深く己を考察はしないが。ただ、変とかおかしいとか言われたほうが、優しいね、とか言われるよりずっと好きだ。そんなこと言われたらむずむずしてどうにかなっちまう。

「葉真は、優しいね」

しかし空気を読まず、いやある意味タイミング的にはばっちりか、俺の心が読めるわけでもないのに、狐珀はスマホの向こう側でそんなことを言ってきた。むずかゆい。蕁麻疹《じんましん》が出そうだ。

まったくこいつは、どうしてこう恥ずかしいことを素直に口にしてしまうのかね。俺みたいなひねくれ者としては、眩しすぎてときどき目を逸らさずにはいられない。

でも、まあ、二年半くらい一緒にいたこいつとも、卒業したらお別れなんだよな。

「……狐珀。花火、上がるぞ」

狐珀に見えるよう、スマホを夜空に向け高く掲げる。スマホで花火を捕まえるように、手を、伸ばす。

どん、と空に花が開くと、周囲の歓声とともに、狐珀も嬉しそうに声を上げた。

花火のように、今の時間も消える。

どんなに楽しくても、なくなってしまう。卒業したら、俺もさっきの友人達のように、狐珀の姿を、声を、捉えることができなくなる。

——熱気が。急にどろりと、気色悪く貼りつくものに感じられた。

今までなんとも感じていなかったのに、一度意識してしまうと、急に息苦しい。

この人ごみに、こんなに大勢いる人達の中に、狐珀を知っている者も、見ることができる者も、たった一人俺だけ。ずっと、特別なことだと誇らしく思っていたそれが、今は無性《むしょう》に寂しく思えた。——俺も、
来年の春には、こいつが見えなくなる。

今度は、ぞくっと冷えた。真夏なのに、体の芯《しん》が凍る感覚。

別れというものを、悲しいと感じたことはなかった。中学の卒業式だって全然泣かなかった。だってSNSとかで皆繋がっていられるし、環境が変わったって、完全に関係が絶たれてしまうことなんてなかった。

だけど、狐珀は——

「葉真。花火、とっても綺麗ね」

……別れというものを、悲しいと感じたことは、なかったのに。

「葉真？　ねえ葉真、どうしたの……？」

その日が、境だった。

それから俺は泡沫亭に行くことをやめた。飽きた、なんて嘘だ。俺は、怖かった。別れが。そして、これ以上一緒にいて、別れが辛いと感じるようになってしまうことが。変わりたく、なかった。

狐珀の前では兄貴分っぽくふるまったって。結局俺だって、まだ大人になんかなりきれないガキだったから。

喪失が怖かった。

だから自分から手放した。

けど本当は、ずっと——

……懐かしい茶室に足を踏み入れる。

畳の匂いも、外と切り離されているような独特の空気も、知らないうちに自分の内側に馴染んでいたもので、半年以上ぶりであってもすっと溶け込む感覚があった。

室内には、誰もいない。——いや。

いるのに、俺の目には映らない。

「狐珀」

虚空に向け、名前を呼ぶ。

以前は、こう呼べばすぐにあいつが、尻尾を振って抱きついてきたけれど。

今でも、もしかしたら前みたいに笑って、しがみついているのかもしれないけれど。

「そこに、いるのか？」

何をしていても、どんな顔で笑っていても、俺にはわからない。

「ごめん。もう見えない。聞こえない」

ふと視線を逸らすと、畳に、瓶掛に乗った鉄瓶、茶巾・茶筅・茶杓を仕組んだ茶碗と棗が置かれた盆、建水や帛紗といった道具一式が準備されていた。三軒と湯季の仕業だろう。あまりの用意周到ぶりに、ああ本当に嵌められたんだなとため息を吐きたくなる。

……いや。

嵌められたとか、負けたからとか、そういうことじゃない。

「なあ、でも狐珀、おまえには俺の声、届くんだろ。いるなら、聞いててくれ」

とうとう腹を括《くく》り、自分の意思で、俺はここに来たんだ。

盆の前に正座し、道具を清めてゆく。久しぶりだったが、体に染みついた所作は、驚くほど茶を点てるための流れを覚えていた。手が勝手に動いてゆく。

「俺、な。本当はずっと、おまえがどうしてんのか、気になってたよ。卒業する前も、後も。元気でやってんのかなとか、泣いたりしてねえかな、とか」

点前をしながら話す。口を動かしていないと、目の奥が熱くてどうにかなってしまいそうだから。

「別れを、言えなくて悪かった。俺は、見えなくなることが怖くて、自分から、見ないようにしたんだ。そうすれば、そのうち忘れられるだろうと思ってた。他の面白いことを探して夢中になれば、こんな苦しさ消えるって」

鉄瓶から茶碗に湯を入れる。どんどん目が熱くなってくるのは、きっと湯気のせいだ。

「でも、駄目だったよ」

茶筅通し、茶碗を清める。同時に、今まで張っていた余計な意地が拭い去られ、正直な言葉が口から滑り出てゆく。

「ずっとおまえが気にかかってた。夜になると、泡沫亭に行ってみようか、って思って、でもふんぎりがつかなくて、学校の周りうろうろしてさ。なんか、それが恥ずかしくて、顔隠すみたいに狐面つけてな。笑えるだろ。よく職務質問されなかったよな」

押し込めていた気持ちをやっと吐き出せ、胸がすいた状態で――ただ目の前の――

目には見えない相手のためにだけ、一心で茶を点てる。

やがて畳に置いた茶碗が、ふと消えた。狐珀が手にしたことで、茶碗も俺から見えなくなってしまったのだ。

だがそれは、彼女がここにいて、俺の茶を手にしてくれた証《あかし》。

「うまいか」

返事の声は聞こえない。どれだけ耳を澄ましても。

「おいしいって喜んでくれてりゃ、いいんだけどな」

見えない。もう二度と。

それでも、別れの代わりに、言葉を贈る。

「狐珀。面白いことを、たくさん見つけろよ」

あの祭りの日に言ったのと似た言葉。偉そうに言っといて、自分ができてなかったんだから世話ないけど。

でも今度こそ、俺もそうするから。あのときは深く考えず軽く言ったものだったけど、今度はもっと、心の底から言えた。

「……それで、ずっと、笑ってろよな」

――「うまいか」
――「おいしい」
――「おいしいって喜んでくれてりゃ、いいんだけどな」
――「おいしいわ。すごく、あったかくて、おいしい」
――「狐珀。面白いことを、たくさん見つけろよ」
――「うん」
これからは、自分でも、いっぱいいっぱい、見つけてみせるね。
あなたが今まで私に、面白いことを、たくさん教えてくれたから。
――「……それで、ずっと、笑ってろよな」
――「うん。約束する」
だから、あなたも。
ずっとずっと、笑っていてね。

「……なんつうか、世話になったな」

泡沫亭から出てきた道園さんは、俺と湯季先輩に、若干気まずそうにそう言った。

「まあ、してやられた感はあって、そこはムカつくけど。……でも、何かきっかけがなけりゃ、ずっと来られなかったと思うから。……ありがとな」

「いや、別に。道園さんのためってわけでもないですし……」

お節介《せっかい》を焼いてしまったという自覚はあるので、感謝されると落ち着かない。

「そうです、ほら、狐珀のためなんで。あんな可愛い子が寂しがってたら、放っておけなかったっていうか」

「てめえ俺の妹分に手ぇ出す気か、殺すぞ」

「いやいやいやちょっと待ってください俺別にロリコンじゃないんで」

「あいつになんかしたら二度と茶が飲めない体にしてやるから覚悟しとけや」

「あなた狐珀のこと大好きじゃないですか。強がりでもよく飽きたとか言えましたね」

馬鹿なやりとりの後、道園さんは、ふっと噴き出す。

「まったくだよな。……俺がこんなこと言うのも、なんだけどさ」

狐面を顔にはつけず手に持った状態で、彼は、俺達に背を向けた。

「おまえらは、後悔しないようにな」

和柄のストールを夜風に揺らし、道園さんは去ってゆく。
彼がぽつりと残したその言葉は、俺の中に、深く残った。

第四話

皆と、めでたしの一服

水屋。それは、点前の準備や後始末をするための大事な場所。道具を置くための棚《たな》があり、下は竹の簀子《すのこ》を敷いた流しになっている。この水屋で、水指《みずさし》（水を入れておく容器）に水を入れたり、茶碗を仕組む（茶碗に茶巾・茶筅・茶杓をセットすることだ）他、茶筅や茶碗を洗ったりするのだ。

「……んー」

そんな水屋の前で、俺こと三軒和音は一人、棚に並んだ茶碗を眺め眉間に皺を寄せていた。

「三軒」

「びゃあぁ」

一人、だと思っていたのに背後から声をかけられ、恒例の悲鳴を上げる。振り向けば、そんな俺の反応も慣れたと言わんばかりに笑顔な湯季先輩。

「脅かさないでくださいよ湯季先輩、目玉飛び出たじゃないですか」

「ちゃんと二つとも顔にあるから安心しなよ。というか、俺は普通に声をかけているだけなんだけど。逆に、三軒を驚かせないように声をかけるのってどうすればいいの？」

「そうですね。ごく静かに、かつ、これから声をかけますよというオーラを全開にして近づき、俺に心の準備をさせた上で、正面からそっと、春の日差しのように優しく、砂糖菓子のように繊細に声をかけてください」

「面倒だからこれからも普通に声をかけるね。ところで何をしていたんだ？」

「あーちょっと、茶碗を見ていました」

「茶碗を？」

「はい。茶道具っていろいろあって、もちろん全部が大事だってわかっているんですけど。中でも茶碗って、お茶を点てる道具であり、飲む道具でもあって……。やっぱりこう、特別な感じがするじゃないですか。だから、もっと茶碗のよさを理解できたらなーと思ってるんですけど……」

　話す俺の声は、情けない気持ちからだんだん語尾が小さくなってゆく。

「その、駄目なんですよね、俺。まだ、茶碗のどこにどう、よさを見出せばいいのかわかってなくて。お茶を飲んだ後、拝見するときも、とりあえず見てるって感じで……」

　お茶をいただいた後は、茶碗を自分の前に置いて全体を眺めたり、けして落としたりしないよう低い位置で、手に取って見たりする――拝見をするのだ。なお、後で茶杓や棗も拝見する。

「お菓子やお茶は、おいしいって、味を感じることができるじゃないですか。先輩の点前に関しても、所作が綺麗だなってわかるんですけど。道具はまだピンときてなくて。ほら俺、茶道部入ったばっかかりの素人なんで。なんかこう『こういうのがいい茶碗だ！』みたいなのってあるんですか？」

「ふむ。一概にどうこう言えるものではないんだよね。茶碗のどこによさを見出すかは、茶碗によっても違うし、流派によっても違うし、人によっても違う」

「決まりがないんですか？　難しすぎやしませんか」

「でも、そういうものだよ。道具のことに限らず、茶道って、流派によって所作とかもだいぶ違ったりするんだ。一つのやり方や考え方が正しくて、他は違うとは思い込まないほうがいいよ」

「へえ……じゃ、うちの場合はどうなんです？　特色とかあるんですか？」

正直俺、自分がやってる流派のことすら全然わからない。そういや名前すら知らないかも。流派がどうとか、考えたこともなかったし。

「うちの部でやっているのは、新時代茶湯会《しんじだいちゃのゆかい》という流派。伝統を大切にしながらも、時代の流れに合わせ、自由に茶の湯をひろめることを特色としている」

「流派って、なんとか流、みたいに流ってつくものなんじゃないんですか？」

「それも多いけど、それだけではないよ？　流派って本当にいろいろあるから。……

そうそう、茶碗と流派といえば、以前鬼更に茶碗を回す意味について考えてもらったけれど、回さない流派もあるしね。茶碗の一番よい場所から飲む、ということだそうだ」

「えっ、そうなんですか？　じゃあ、鬼更も茶碗を回さなくても別によかったんじゃ？」

「思想や理由があって回さないのはもちろんいいんだ。鬼更の場合は、ただ面倒だからというだけで、何も考えずに回さなかったからね。考えがあった上でやるのと、そうでないのとは違うと、俺は思う。

……というか、補足しておくと。茶碗を回す理由について、俺は『亭主への心遣い』と教わったからそう捉えているけど。諸説あるよ。飲み口をすすぎやすいようにするため、とか」

「なるほど。……で、一つの考え方が正しいとは限らないから、茶碗の見方も一つじゃない、と。ううん、言いたいことはわかりますが、なんかこう、もう少し茶碗について知りたいというかですね」

「そうだなあ……。そもそも部活の稽古で使っているものは、量産されたものだから、あまりどうこう言えないけど。個々に作られた茶碗には、それぞれ味があるよ。全体の印象や形、釉薬《ゆうやく》、茶碗の内部を眺めたり――それから、茶碗はお茶を飲むときに手に取るものだから。手触りや重み、唇を当てたときの感触を味わうのもいいと思う。

用と美の一致というのも、茶碗には大切だと思うから」

ふむ。目で見るだけでなく触感も楽しめる、ということか。

「美といっても単に華美なものじゃなく――むしろ飾り気がないものだからこそ『わび』を感じることができたりね。……ああ、そうだ」

湯季先輩は何か思いついたようにそう言うと、水屋を背にする。

「どこ行くんですか？」

「せっかくだから、普段の稽古では使わないような茶碗を見せようかと思って。稽古では、丈夫だったり、絵がついていて正面がわかりやすかったりする茶碗を使っているけど。たしか和室の押入れに、もっといろんな茶碗があったはず」

泡沫亭には茶室として使われている二部屋の他にも、和室がある。湯季先輩がそこの押入れを開けると、中には、おそらく茶道具が入っているんだろう大小さまざまな箱があった。

「…………ん？」

ピク、と。

なんだろう。俺の中の直感だろうか、野生の勘《かん》だろうか。そんなものが、何かを感じ取る。

「湯季先輩。そこ、何かあります？」

「え？　そこって、どこ」

「ここです」

俺は湯季先輩と入れ替わるように押入れの前に移動し、しゃがむ。

押入れの床に触れると、僅かに板が外れた。床下に、小さくだが隠し収納スペースがあったのだ。

「へえ。そんなところにも収納があったんだ。三軒、よく気づいたね」

「いや、なんでしょうね。勘っていうか……」

そう、なんだろう。

──呼ばれた気がしたのだ。

俺は隠しスペースに入っていた箱を手に取る。

開けてみると、中に入っていたのは、布にくるまれた茶碗だった。装飾性のないごくシンプルなもので、微妙に形が歪《いびつ》だ。派手さこそないものの、素朴で温かみがある。

「──っ」

ドクン、と。

体が強く、熱く脈打つ感覚。なんだろうと思ったが、ごく一瞬のことだったので、気のせいかもしれない。

「……が、い……しま……」

「ん？　湯季先輩、今、なんて言いました？」

「俺は何も言ってないよ」

「え？　でも今、声が聞こえたと思ったんですけど」

「うん、俺にも聞こえた。茶碗が喋ったのかな」

「ははは何言ってるんですか湯季先輩。茶碗が喋るわけないじゃないですか」

「お願いします……どうか私の話を聞いてください……」

「喋ったあああああ！」

まるでコントだ。否定した矢先に、茶碗が喋るなんて。

「湯季先輩、茶碗！　茶碗喋りましたよ茶碗！」

「落ち着きなよ。叫びながらも茶碗を投げなかったところは偉いけど」

「だって万が一高価な茶碗だったりしたら、割ったら後々恐ろしいことになるなって！」

超常的な現象は怖いけれど、現実的な弁償とかそういうことも怖い。それに、初心者とはいえ茶道部員として、茶道具を乱暴に扱うなんて言語《ごんご》道断《どうだん》だ。

「それにしても、茶碗が喋ったというより……。茶碗の付喪神《つくもがみ》かな？」

「え……あっ」

よく見ると茶碗の中に、小人のように小さく、幽霊のように半透明な男の子がいた。

茶碗に入っていることもあり、まるで一寸法師《いっすんぼうし》だ。

とはいえ一寸法師のような元気さは、彼にはない。

「はい……。私は……この茶碗の、付喪神……のようなもの、でございます……」

「はじめまして、俺は湯季千里。ところで、話を聞いてくださいってことだけど、何か困っていることでもあるの？」

湯季先輩は、茶碗の付喪神に平然と話しかける。ごく普通に付喪神との会話を試みる湯季先輩と、普段あやかし達と喋っておきながら今更怯える俺、どっちがより変人なんだろう。

「そうです……。どうか……私の頼みを、聞いてほしく……」

「君、やけにか細い声だね。大丈夫？　どこか悪いの？」

「いえ、そういうわけでは……。しかし、私は本来……まだ力が足りないので……」

「力が足りない？」

「付喪神というのは……本来、百年ほどの長い年月を経た道具がなるもの……。私はまったく……百年になど届いておらず……想いの強さと、この泡沫亭という特殊な場……そしてたった今、人間様が触れてくださったことにより……なんとか、人と話す力を、得られたのです……」

この付喪神は、本当にたった今——俺が触れたことで、会話する力を得られたってことか。まあ、以前から声を発せていたなら、もっと前に発見できていたはずだもんな。

「人間様……。私には、どうしても届けたい……想いがあるのです……」

湯季先輩も心配していたように、付喪神の声は弱々しい。だが本人も言っている通り、どうしても叶《かな》えたいことがあるのだという、真剣さは感じられる。茶碗に触れている掌《てのひら》から、中にお茶が入っているわけでもないのに、熱が伝わってくる気がするほどだ。

「よかったら、話してみてくれるかな」

「……私は……ある人間から……あやかしの姫君に……贈られるはずだった、茶碗なのです」

「あやかしの、姫君？」

「はい……姫は、この泡沫亭と、あやかしの世を繋いだお方……。そして『卒業したら、あやかしを見ることができなくなる』と術によって、定められたお方でもあります……」

「え⁉」

話を聞き始めて早々に、新事実の判明に驚く。

「お、俺、なんで泡沫亭はあやかしの世と繋がってるんだろうとか、なんで卒業したら皆が見えなくなっちまうんだろうとか、全然わかんなくて気になってたんだけど。全部、あやかしのお姫様がやったことだったのか？」

「はい……全て、もともとは、姫が行ったこと……」

付喪神の言葉に、湯季先輩も、表情は変えずとも驚きは感じている様子だった。

「俺も初めて知った。でも、姫を名乗るようなあやかしとは、今まで会ったことがないよ」

「はい……。姫は、もうここへは……いらっしゃいません……」

悲しげに言われた言葉に、胸がざわつく。

「ひ、姫の身に、何かあったのか？」

「話すと、長くなるのですが……」

どこから話したものか、と、付喪神は言葉を途切れさせる。そんな彼に、湯季先輩が提案した。

「もしよかったら、そのときのことを、強く回想してくれるかな。当時の心を思い出して、感情を昂《たかぶ》らせるんだ」

その言葉に疑問を抱いたのは、付喪神ではなく俺のほうだ。

「湯季先輩、どういうことですか、それ。感情を昂らせると、何か意味があるんです？」

「三軒。前、あやかし達へのお茶の代金をどうしてるのかって話をしたとき、言っただろ？　たまに不思議な力をくれるあやかしがいるって。……その上で、君もうなんとなく気づいてると思うんだけど。あやかしと接している茶道部員は、他者の想いや記憶を、共有することができるんだ。そういう力をくれた奴がいてね」

「あ……！　それって俺が、玖狸や、鬼吏や、道園さんの過去を見ることができた、あの力ですか？」

「そう。そのあやかしとは一度会っただけで、俺も詳しいことは聞いていないんだけど……。傍にいる者の心に動きがあったとき、お茶や茶道具を媒介《ばいかい》にして、その想いを感じ取ったり伝えることができるみたいだ。サービスなのかなんなのか、俺だけでなく、あやかしと関わりを持った茶道部員は、皆そうなるようにしたらしい。皆といっても、以前は俺と道園先輩だけ、今は俺と君だけ、だけどね」

「そ、そんなことできるんですか。……その定義づけって、何がどうなってるんです？　『卒業したらあやかしが見えなくなる』とか『茶道部員は想いを共有できる』とか、謎でしかないんですけど。そんなふうに、範囲を絞って術をかけられるもんなんですかね」

「範囲というか……人間側の意識の問題らしい。入部届・退部届を書くとか、卒業式を行うとかで、誰でも意識の根底に、自分の所属の認識を持つ。その意識・認識にあやかしの力が影響する、んだと思う」

「ん？　認識だけでいいなら、『自分は卒業してない』ってずっと思ってれば、卒業してもあやかしが見えるんですか」

「思い込もうとするだけじゃ駄目なんだと思うよ。例だけど、口で『自分はあやかしだ』って言うことは可能でも、本気で自分があやかしだと思い込むことなんて、ほぼ不可能だろ。俺達は『自分は人間』っていう自己への認識があって、上辺だけの思い込みじゃ、その認識を覆せない。そんな感じかな」

「うー……む。なんか複雑ですね」

　定義の件は一旦置いておいて、話を元に戻す。

「にしても、想いを共有するってやつ……お茶や茶道具を媒介にってどういうことなんですか？　玖狸のときは俺、泡沫亭の傍にすらいなかったし……」

あのとき俺は自宅で、封筒に入っていた花に触れたことがきっかけで、あの記憶を見たのだ。

「あのときは、前日茶室に飾ってあった花を媒介にした。君に怖いと言われて、玖狸の心が大きく動いたのがわかったから。ちょうどあの日の花は、玖狸があやかしの世から持ってきてくれたものだったし。茶花として使ったそれを、俺があの子からの手紙と一緒に、君への封筒に入れたんだ」

「え、あれって湯季先輩が入れたものだったんですか？」

「そうだよ。玖狸は、自分の記憶を自ら見てもらおうなんて、あざとい真似はしないさ。あれは俺が、それでも君に玖狸の気持ちをわかってほしくてやったんだ」

「へえええ」

今更真相を知らされ、呆けた声が出る。何もかも、全然知らなかったことばかりだ。

「じゃあ、鬼更や道園さんのときは？　あれも、別に二人が自分で過去の記憶を見せようとか思ったわけじゃ、ないですよね？」

「うん。お茶を飲んで感情が昂ったことで、茶道部員である俺らには、傍にいただけで自然と想いが見えてしまったんだろうね。ちなみに、相手があやかしだと外側から傍観する感じになるけど、人間の場合は、同じ種族だからより共有力が高まるのか、一体化している感覚になる」

「あれ。じゃ俺も、お茶飲んで心が動いたら、意図せず、湯季先輩に心が丸見えになる可能性があるってことですか」

「ゼロとは言えないね」

「うわ、マジですか。やべえ気をつけないと」

万が一、恥ずかしい過去や記憶を見られてしまったら嫌だ。

「あの、お二方……私を忘れないで……ください……」

「あ、すみません」

付喪神に弱々しい声で言われ、湯季先輩と共に謝る。

「えーとそれじゃあ、この子に強く過去を思い返してもらえばいいんですよね？」

「うん。本来なら、心を共有するのに、お茶や茶道具が媒介となるけど……。この付喪神自体が茶碗だから、他の媒介はいらないんじゃないかな」

「じゃ、やってみてくれるか？」

「はい……」

返事の後、付喪神が無言になる。自分の心の内で、強く、想いを巡らせているんだろう。

　やがて茶碗の輪郭が淡い光に包まれた。俺と湯季先輩は、その光に引き込まれてゆくように、自分の意識を手放し、流れ込んでくる記憶に身を委ねる。


「いつも本当にありがとう、誠さん」

　――声だ。

「いえいえ。僕も、好きでやっているので」

　――声が聞こえる。

　声の主は、茶室内にいる男女二人。一人はお人よしそうな、うちの学校の制服を着た男子生徒。もう一人は――

「でも、私は茶道部員ではないのに、いつもこうしてお茶をご馳走になってしまって。悪いわね」

　あ。

　どこかで聞いたことがあると思った声。そうだ、この声は――鬼吏の記憶に出てきた、蝶を吐いていた少女のものだ。

今は、同じ和服姿ではあるものの、あのとき被っていたヴェールのような白い布はなく、髪と顔が露わになっている。

艶やかな長い黒髪、雪のような肌。長い睫毛《まつげ》に縁どられた黒真珠《くろしんじゅ》のような瞳。そのどれもが、想像していたより何倍も美しい。

まさか彼女が、茶碗の付喪神が言っていた「あやかしの姫」だったのか？

他にそれらしい女性はいないので、きっとそうなんだろう。驚く反面、妙に納得もしていた。彼女の持つ、恐ろしさともまた違う、けれど逆らうことのできない空気。鬼吏ですら戸惑わせたそれは、あやかし達の上に立つには相応《ふさわ》しい。

ただ今は、彼女を包む空気も、どこか違く感じる。

「いえ、それは全然構わないんですよ。でも、あなたは不思議な方ですね。いつも他の人がいないときにだけ、この泡沫亭に現れて。それも和服で。いやあ、初めて会ったときはびっくりしましたよ」

男のほうは普通の人間のようだ。茶室にいることから考えて、この学校に過去在籍《ざいせき》していた、茶道部員なんだろう。

これは、茶碗の付喪神の記憶。けれど今、姫がお茶を飲んでいるのは、あの茶碗じゃない。

あの付喪神の茶碗はどこにあるんだ？　と思ったところで、正座している男の背後に、何か布にくるまれたものが見えた。中はわからないが、おそらくあれが茶碗なんじゃないだろうか。なぜあそこに置いてあるのかは、わからないが。

「そうね、変よね、私。……気持ち悪い、かしら？」

「まさか！　僕は、嬉しいんです。いつも僕なんかの点てたお茶を飲んで、笑ってくれて。その……あなたと過ごしていると、胸が温かくなります」

不安そうに尋ねる姫に、照れたように答える男。

——ああ。この二人は、恋をしているのか。

互いに、想いを打ち明けてはいないのかもしれない。だけど他人の俺でもわかる——いや、他人だからこそわかるんだろうか。二人の表情や声から、姫の「男に嫌われたくない」という気持ち、男の「彼女と一緒にいて幸せ」という気持ちが、ありありと感じ取れた。

そうだ、姫が、鬼吏の記憶の中と違うと感じた理由。今の彼女を包む空気は、どこまでも柔らかく、甘く、切ない。「あやかしの姫」とかじゃない、ただ一人の、恋する女の子みたいなんだ。

「にしても、こうしてたまに二人でお茶をするのも、すっかり習慣になってしまいましたね」

「そうね。誠さんが一年生のときからだから、もう二年以上も……」

そこで姫は一度言葉を途切れさせ、僅かに憂いを含んだ声で呟いた。

「……あなたは、この二年で大人っぽくなったわね。背も伸びたわ。こうして座っていてもわかる……」

「ああ、そうですね。背は、結構伸びたかもしれません」

「私は、あなたみたいに成長できないの」

「いいじゃないですか。背がお小さいのも、僕は、その、可愛らしいと思います」

「……そういうことじゃないのよ」

照れながらも可愛いと口にした男に、けれど姫は、微かに声を震えさせた。

「え？」

「なんでもないわ。お茶、もう一服もらえるかしら」

「ああ、もちろん。あなたは本当に、お茶が大好きですね」

「ええ、あなたの点てたものがね。……卒業したら飲めなくなるのかと思うと、寂しいわ」

言葉通り寂しげな表情を浮かべる姫に、男は狼狽え口を開閉させていた。

やがて、思いきったように声をかける。

「あ、あの。なら、卒業しても、またどこかでお会いしませんか」

「ごめんなさい。私は、ここにしか来られないから」

勇気を振り絞って言ったんであろう提案をさらりと断られ、男は肩を落とす。

けれど、男よりも姫のほうが、切なげな表情を浮かべていた。

「違うの。あなたと会いたくないわけじゃないわ、それは本当。だけど私は、ここにしか来られないから」

彼女の声色には必死さが滲み出ており、嘘偽《いつわ》りのない本心だと、男にも伝わっているだろう。

「……薄々変だと思っているかもしれないけど……私……」

「だ、だったら！　卒業しても、ここで会いましょう」

姫が打ち明けようとした声は小さく、重なった男の声に消された。男は身を乗り出し、真剣な眼差しを姫に向ける。

「え……」

その一瞬。姫の頬が朱色に染まる。

もしかしてこれは、「卒業したらあやかしが見えなくなる」という制約がなかったときなのかもしれない。卒業したら見えなくなってしまうのであれば、こんな顔はしないはずだ。

　こんな、幸せそうな顔は。

「ＯＢなんですし、不自然じゃないですよ。僕、卒業しても、ここに来ますから。ね。卒業してもまた、絶対、ここで会いましょう」

「……来てくれるの？　これからも……」

「ええ。……あ、あなたさえよければ、ずっと」

「……っ」

　男の言葉が、とても嬉しく心に染みたのだろう。言い訳できないほど赤くなった顔を隠すように姫は彼から顔を背ける。しばらくしてぽつりと「ありがとう」と呟いた。男はそれを聞き、姫に負けないほど幸せそうに笑う。

「お礼を言うのは、こちらのほうです」

　どこまでも優しい声。不思議だ、全然関係ない俺まで、じんとくるものがある。傍から見ていてもすごく幸せそうだから、だろうか。

「……約束ですよ。この先もずっとずっと、ここで会いましょう――」

　二人はそれから、またお茶を飲んで過ごした後、男は帰ってゆき。

姫は、茶室に残っている。

「……卒業しても来てくれる、という言葉を、嬉しいと思ってしまうなんて」

誰にも言えない胸の内を、今ここでだけと曝《さら》け出すように、彼女は独り言を呟く。

「わかっているのに。私はここから出られない。それに、私は成長しないまま、あの人はどんどん年をとってゆく。私はあの人とは違う存在。この先も共にいたいと望んでも、あの人を不幸にするだけ……」

誰に聞かせるものでもない、淡々とした語り。大袈裟に悲愴《ひそう》ぶることはないけれど、静かな痛みが伝わってくる。

「……最初は、ただの興味本位だったのに」

独り言と、断片的に伝わってくる記憶を総合すると、大体次のような流れだったらしい。

姫は最初、ただ人の世に興味があり、あやかしの世と人の世を繋いだ。それが偶然、泡沫亭だった。姫の力で一度「通り道」ができた後は、誰でも魔法陣もどきを使い、泡沫亭に来られるようになったらしい。

そして姫は泡沫亭で、あの男と出会った。

「結ばれることはない。結ばれてはいけない。それはわかっている。……でも、もう少しだけ、傍に――」

――もう少し？　それは、あとどのくらい？

――きっとこのままでは彼の優しさに甘えて、いつまでも彼から離れられない。私はあの人と同じものではないのに。同じ世界で生きることはできないのに。

――私では、あの人に普通の幸せを与えられない。なのに、傍にいたいと願ってしまう。

――なら。自分に、期限を設けよう。

――いくらあの人が会いに来てくれると言っても、それに甘えてはいけない。

――あの人が卒業したら、全て終わりにする――

そうして彼女は、「卒業したら、あやかしが見えなくなる」という術を、この泡沫亭に施した。

人間の興味のない他のあやかし達にも頼んで力を借り、自分自身でもけして解けない、大がかりで強力な術を。自分で解けるような術では意味がないから。その術は、戒《いまし》めだったからだ。自分、そして他のあやかし達に対しても。

人との交流は尊い。あやかしと人が交わることそのものを、否定してしまいたくはない。

けれど人とあやかしは、ずっと一緒には、いるべきではない。

人とあやかしが交わる期間は僅かであるべきなのだ、と。

——刹那だからこそ美しい、泡沫のように。


「昨日も渡せなかった……」

場面は変わる。今度は茶室に姫の姿はなく、男だけがいた。あの付喪神の茶碗を手に持ち、ため息を吐いている。

「彼女、この茶碗、喜んでくれるかな……」

また、独り言と伝わってくる想いから、現状を読み取る。

男は彼女に贈り物をしたいと考え、お茶が大好きな彼女のため、陶芸《とうげい》をやっている知人に頼み込んで茶碗を手作りした。

だが昨日はタイミングを逃して渡せず、しかも茶碗を茶室に置き忘れてしまった（だから茶碗が彼女の独り言を聞いていたんだろう。彼女が悲しみに暮れていて茶碗の存在に気づかなかったのは、幸いと言うべきか不幸と言うべきか）。そして今、茶碗が昨日の状態のまま茶室にあったことに安堵しつつ、渡すことのできなかった自分を情けなく思っているところだ。

「これを渡して、ちゃんと気持ちを伝えたい。でも、もし気持ち悪いって思われて、嫌われたら……！　ああ、どうすれば……」

彼は茶碗と睨めっこ状態で煩悶《はんもん》する。長い間ぶつぶつと独り言を呟いていたが、やがて何かを決意したように、目に熱を宿した。

「……決めた」

——卒業式の日に、この茶碗を彼女に贈ろう。

——伝えたい言葉が、あるから。


そうして彼は、卒業式の日に、姫と会う約束をした。

彼は、卒業式に出席し。

姫と会うのは、その夜。

彼は茶碗を持って、胸を高鳴らせ、茶室の襖を開けた。

「……いない……」

会うと約束した日は、いつも彼女は約束の時間より——彼より早くここへ来て、鍵を開けて待っていた。だから彼は、今日も彼女は先に来て待っていてくれると思っていた。

だが今日。鍵は開いていたのに、彼女の姿はなかった。

いや。

『誠さん。今までありがとう』

彼女は、そこにいたんだ。彼の目の前に。

『あなたと会えて、私は幸せだった』

けれど卒業式が行われた後の彼には、もう見えず、声も聞こえなくて。

『あなたは、私をどう思うのでしょうね。この先もずっとと約束したのに、それを破って、何も告げず姿を見せなくなるなんて。酷い女と思うかもしれない』

彼女は一方的に、もう自分を認識できない彼に語り続けるだけ。

『だけど私は――私は。幸せだった。……今は、これからしばらくは、悲しいのかもしれない。それでも……』

そう言った後姫は、別れには似合わないほど強く――強く。彼女の意志そのものを表すように、固く拳を握った。

『それでも、出会えた奇跡を嘆いたりしたくない。誰に何を言われようが、私だけは、あなたとの出会いを、絶対に幸福だったと言い張り続ける』

それは彼女の矜持であり、最後の意地のようだった。鬼吏の記憶で見た彼女の言葉を思い出す。「出会わなければよかったなんていうのが、一番嫌い」と。

『勝手だと恨みたいなら恨んで。もっとも、この言葉すら、あなたはもう聞こえないのでしょうけど——』

拳は握りしめたままだ。けれど、どれだけ強がっても抑えることはできなかったように、彼女の瞳から雫は滑り落ちた。

『さよなら。誰より愛していたわ』

そうして彼女は彼に背を向け、陣の中に消えた。

彼は、いつまでも彼女を待ったけれど。

彼女が約束を破るはずがないと、彼女を信じて待ち続けたけれど。

二度と、彼女に会うことはなかった。


「こうして私は……姫に渡されることが、ありませんでした……。彼……誠様は、もう彼女には会えないのだろうと察しながらも……見つけてもらいたいと、淡い望みを抱いて……私をあそこに隠したのです。姫は、あの場所のことを、知っていましたから……。しかし……私は今までずっと、誰にも見つけてもらえなかった……。私は……このままでは、嫌です」

過去の記憶が終わり、気づけば俺は現実に戻ってきていた。

目の前で、付喪神が今の想いを語る。

「私は……姫のもとへ行きたい。もう、二人が会えなくとも……せめて、誠様の想いだけでも……姫に、届けたいのです……」

胸が締めつけられるようだ。俺の目は既に、決壊したダムのようになっていた。

「お願いします、人間様……どうか私を、姫のところへ、連れて行ってください……！」

「わかった、任せろ！」

「落ち着いて、三軒」

勢いに流され即答したところで、湯季先輩に首根っこを摑まれる。

「君は、『姫のもとへ届ける』というのがどういうことか、わかってるのか？」

「え？　どういうことって……」

「姫のもとへ、というのは。あやかしの世へ行く、ということだろう」

「――あ」

言われてみれば。姫はこちらの世界の住人ではないんだから、当たり前だ。

「えっと、人間があやかしの世に行くのは、可能ではあるけど危険なんでしたっけ」

以前、そう説明を受けた。あやかしと違って術を使う力を持たない俺達人間は脆く、あちらの世界にいると体に負担がかかる、と。

「そう。……だから、付喪神の君。それなら三軒じゃなくて、あやかしに頼むといい。そうすれば誰も苦しまずにすむ」

「いえ……それは、できません……」

「なぜ？」

「ほぼ想いの強さのみで、なんとか力を保っていられる私は……本当に、弱い。言葉を用いることはできても……自由に動くことはできませんし、それに……。『泡沫亭での長い眠りの後、最初に私に触れた方』がお傍にいないと……付喪神としての私は、消えてしまうのです」

「え」

こめかみから、たらりと汗が流れる。

「私は、自我こそ昔からあったものの……他者と意思疎通することは……ずっと、できませんでした。今……私がこうして話していられるのは……触れてくれた人間様のおかげ……」

「ど、どういうことだよ」

「私は、強い願いを秘めつつ、ここ……他のあやかしの皆さんが訪れ、あやかしの力が空気中に混じる、この泡沫亭で、ずっと眠っていたおかげで……ある程度の力が溜まり……。その上で、人間様に触れてもらい、こうして付喪神のように、なれたのです……。茶碗は人が作り、使われるものですから……。人の存在が……私に力を与えてくれるのです……」

それを聞いて、湯季先輩が付喪神に尋ねる。

「人間が傍にいないと駄目なのか？　だけど、それなら俺でもいいだろう」

「いえ……。私を見つけ出し、触れてもらったときに……。最初に触れてくださった方と、私の力が繋がったのです。その瞬間、私は熱を感じました……。人間様も、同じ感覚を……味わったと思うのですが……」

「――あ」

確かに、茶碗に触れたあのとき、体が熱く脈打つのを感じた。

あのとき、俺と茶碗の力が繋がり、彼は付喪神（もどき）と化したというのか。

「最初に触れたお方の存在が、私を私にしてくれ……私で、い続けさせてくれる。私には……あなた様のお力が、必要なのです。消えることは……構いません……。しかし、姫に会うまでは……。言葉を発することができなければ、彼の想いを伝えることすら、できませんし……」

「ええと。つまり、絶対に俺が傍にいなきゃ駄目ってことだよな？」

「はい……私に、最初に触れたのは……あなた様ですから」

　マジかよ。

　固まった俺の隣で、湯季先輩は珍しく困惑した顔をこちらに向けた。

「三軒……君はなぜ、俺より早くこの茶碗に触れた」

「し、仕方ないじゃないですか。まさか付喪神つきの茶碗だとか思いませんでしたし」

　それにあのときは、なんだか呼ばれた気がしたんだ。実際、それは間違ってなかった。付喪神は、助けを求めていたんだから。――きっと、俺の中のお人よしな部分か、でなければ巻き込まれ体質な部分が、惹かれてしまったんだろう。

　付喪神は、茶碗を姫に届けてほしい。そのためには、俺があやかしの世に行く必要がある。だけど人間があやかしの世に行くのは危険。なんだこの、にっちもさっちもいかない状況は。

　とはいえ、厄介《やっかい》なことになった、とは思いたくない。付喪神だってあの二人のために必死なんだ。俺にできるんだったら、願いを叶えてやりたい。

「いっそ、姫のほうにここへ来てもらえればいいんだけど……」

「それは……無理です。姫は、二度とここに、ご自分でいらしては……くださらないでしょう……」

そうだろうなと思う。彼女にとってこの場所は、自分でかけた術のせいとはいえ、想い人から見えなくなってしまい、永遠の別れとなった場所だ。……本当は、今更思い出すこと自体、辛いのかもしれない。

その上でなお、誠さんの気持ちを届けたいという付喪神の気持ちもわかる。だってこのままじゃ誰も報われない。姫に彼の気持ちを伝えたいというのが、たとえ付喪神の自己満足であったとしても。俺は、それを手伝ってやりたいと思う。

そんなふうに考える俺の横で、湯季先輩が付喪神に問う。

「付喪神の君。伝言や、手紙じゃいけないのか。それならあやかし達にでもやってもらえるだろ」

「それは……できれば、私が直接、お伝えしたいのですが……。人間様が、どうしても無理なのであれば、仕方ない、のでしょうか……」

「え、でもあの……」

小さく挙手し、二人の会話に割って入る。

「さっきの話……茶道部員はお茶を飲んで感情が昂った相手の想いを共有できるっていうなら。湯季先輩だって、見たんでしょう？　鬼吏の記憶で……姫は、蝶想病とかいうのを患《わずら》っていますよね」

相手への罪の意識から蝶を吐き出す、あやかし特有の病。彼女が蝶を吐くさまは幻想的で綺麗だったけれど、苦しみを伴う病なら、放っておけない。

「!?　なんと……姫が、ご病気にかかっているのですか!?」

付喪神は、彼の限界のような大きな声を出して驚愕を露わにする。

「あ、いや！　その病で死ぬことはないそうだから、大丈夫。……けど、苦しいんだろうなと思って……」

それは、肉体的にというだけじゃなく。いつまでも彼への罪悪感を抱き続けたままじゃ、心が、辛いはずだ。

「あの、湯季先輩。あれって、姫がこの子に会えば、解消されるんじゃないですか？」

蝶想病は、許されることで治癒《ちゆ》する。鬼吏はそう言っていたはずだ。

だけどそれは、伝言や手紙では駄目なんだと思う。姫が直接、誠さんの作ったこの茶碗に触れること。誰より彼の想いを知る付喪神が、彼の気持ちを伝えること。それこそが重要なんじゃないか。伝言や手紙が無意味なものってわけじゃない。けれど、想いを知る者から直接言われる言葉には、それらを凌駕《りょうが》する力がある——と思う。たしか鬼吏も「対象あるいはそれに準ずる者に対面し許しを得、己の罪悪感が晴れれば癒える」と言っていたはずだし。

「それは……そうかもしれない」

「だったら、」

「けど、そのために君が危険な目に遭っていいわけじゃない」

湯季先輩は真面目な顔で、言い聞かせるかのような調子で言った。

普段の柔和な笑顔が消えた、どこか険しくも感じる表情。俺を慮《おもんぱか》ってくれてのものなんだと、わかったからこそ口をつぐむしかなかった。

「ともかく、この件に関しては、一旦保留にさせてくれ。三軒があやかしの世に行かなくてもいいような……別の方法を、探してみるから」

「はい、それじゃあ、それぞれ稽古を始めましょう。二年生は、一年生にわからないところを教えてあげてくださいね」

顧問の先生がそう言うと、部員達が稽古を始める。

今日は六月の第一金曜日。月に二回しかない、あやかし達とじゃない、普通の部活動の日だ。泡沫亭の中に、幽霊部員を除いた茶道部員達が集まっている。

一年生は基礎的な、盆を使った点前の練習。俺にとっては、以前玖狸達のためにやった点前でもある。

だが付喪神の件で頭がいっぱいで、昨日あまり眠れもしなかった俺は、まったく稽古に身が入らなかった。

なお付喪神は、俺が茶碗から離れたら力を失ってしまう、少し離れただけでも危ないとのことなので、俺は今も茶碗を傍に置いている。昨夜ベッドでも一緒だったし（だからこそよく眠れなかった）、授業中も机の中に入れておくなどして、常に離れないよう心がけていた。

本来あやかしは、泡沫亭の外には出られない。だが茶碗の付喪神は、もともとはこちらの世界で生まれた存在――実体が、人間が作った茶碗なので、泡沫亭の外に持ち出すことができた。

今は周りに他にも人がいるので、付喪神の姿は見えない。だが彼はちゃんと茶碗の中にいる、はずだ。

「三軒」

「うぎっ」

「ああ、君の悲鳴はもういいから」

ぼんやりしていたところで突然声をかけられ、叫び声を上げかけたところで、手で口を塞《ふさ》がれる。なお相手はもちろんと言うべきか、湯季先輩だ。

「というか今、春の日差しのように優しく、砂糖菓子のように繊細に声をかけたつもりだったんだけどね。結局叫ぶんじゃないか」

「それは通常時のマニュアルです。考えごとをしているときは、更に気をつけて声をかけていただく必要があってですね」

「うん、どうでもいいや。それより、今は部活の時間だから」

「だから？」

「君に、お茶を点ててあげよう」

「ん？」

どういうことだ。さっき先生が、二年生は一年生に教えるよう言っていたし、見本を見せてくれるということか？　でも、なんで急に？

若干不思議に思ったが、他の一年生もそれぞれ個別で二年生に指導してもらっているし、わざわざ止めることでもないので、俺は湯季先輩がお茶を点てるところを眺めていた。

無駄のない動きでお茶が点てられ、俺の前に置かれる。ちなみに、付喪神の茶碗を使用しているわけじゃない。そっちは正座した俺の脚にくっつけている状態だ。付喪神の茶碗は姫に渡すものなんだから、俺が使うわけにはいかない。

ともかく、湯季先輩が点ててくれたお茶を飲む。熱い薄茶が喉を通ると、口内に爽《さわ》やかな後味が残り、鼻から抜けてゆく。煎茶でも紅茶でもない、抹茶独特の風味がたまらない。

何より、誰かが自分のために点ててくれたお茶は、やっぱり格別だと思う。お茶の温度が骨までじんと染み渡るようで、心地いい。

「はあ……やっぱりお茶っていいですよね。抹茶特有の苦みもそりゃありますけど、俺、この味好きなんですよ。なんか体によさそうだし、目が覚める感じもして」

「ああ、以前も言ったけど、抹茶にはカフェインが含まれているからね。……そうそう。鎌倉幕府三代将軍源実朝《みなもとのさねとも》が二日酔いで苦しんでいたとき、日本臨済宗《りんざいしゅう》の開祖栄《えい》西《さい》は、抹茶と、とある茶書を献《けん》じたんだよ。『喫茶養生記《きっさようじょうき》』という日本初の茶書で、茶と桑《くわ》の薬効《やっこう》を説いたものだった。鎌倉時代前半期においてお茶は、薬用のようなものだったんだ」

「薬用かあ。まあ確かに、お茶を飲むと元気が出る感じはしますもんね」

「そう。……だから君も、お茶でも飲んで、元気を出せばいいのさ」

「…………」

湯季先輩が点ててくれたお茶を、ゆっくりと味わう。飲み込めば、体の隅々《すみずみ》まで温かさがひろがってゆく感覚。

「あの」

「ん？」

「もしかして、心配してくれたんですか？」

「君が、ぼーっとしていたからね。どうせ、茶碗のことを考えていたんだろ」

「それは、まあ……はい」

「君のことだから、どうしたらいいのか悩んだり、何もできなくて自分を情けなく思ったりしているのかもしれない。けどあまり、思いつめないでほしい」

湯季先輩は俺を安心させるように微笑した後、真面目な調子で囁《ささや》いた。

「……俺も、このまま付喪神や姫のことを放置したいわけじゃないんだ。何かいい方法がないか、ちゃんと探すから。あやかしの皆にも相談するし。——だから一人で悩んだり、無茶なことをしたりしないように」

「……はい。ありがとうございます」

さっきまでより心が軽くなった気がする。お茶もだが、気遣ってくれるその気持ちが素直に嬉しい。

「ねえ、湯季君。悪いけど、こっちの子に教えてほしいことがあるんだけど～」

「あ、うん」

別の先輩に呼ばれ、湯季先輩は他の生徒を教えに行った。俺は残りのお茶を飲み干してしまう。

「あ、三軒君。これ使ってないよね？　貸して～」

――と。不意打ちで、同学年の女子が、ひょいっと茶碗を持ってすたすた歩いていってしまう。

普通の茶碗ではなく、付喪神の茶碗を、だ。

「わあ、それは駄目！　ごめん、返して！」

「え？　だって、お茶碗二つもいらないでしょ」

「いや、その、とにかくそれは駄目なんだ。悪いけど、他の使って」

「ふうん？　よくわかんないけど、じゃあ、はい」

女子は不思議そうに首を傾げつつも、茶碗を返してくれる。危ない危ない。付喪神は俺から離れるとまずいそうなんだから、油断は禁物だ。

厳重に注意しつつ、部活動を続けた。

宣言通り、湯季先輩はその日、部活が終わった後――夜。泡沫亭に来たあやかしに頼んで、たくさんのあやかし達を集めてくれた。

付喪神を消さないように、かつ俺に危険がないように、茶碗を姫のもとへ届ける方法がないかどうか聞いてくれたのだ。

しかし誰に聞いても、解決策は得られなかった。

「三軒、ぼんやりしてる。大丈夫？」

正座した俺のもとに、トテトテと玖狸が寄ってくる。

「ああ、玖狸。心配してくれてありがとう。俺は大丈夫だよ」

「お姫様のところ、行きたい茶碗の子、その子？　綺麗」

「ああ、うん。綺麗ってか、あったかい感じの茶碗だよな……」

「キラキラ、光ってる。すごい」

「へ？　キラキラ？」

玖狸の言葉で、脇に置いていた茶碗に目をやる、と。

付喪神が、淡い光に包まれていた。

「あ、あれ？　なんだこれ、どうした？」

「三軒、様……」

付喪神の声は、昨日までよりも更に弱いものになっている。

「……どうやら、私の時間は……もう長くは……もたないようです」

「は⁉」

いきなり何を言うのか。予想外の発言に、顎が外れそうになる。

「な、何言ってんだ。俺がいれば大丈夫なんじゃなかったのかよ！」

「夕刻に一度……三軒様と……離れたでしょう。他の人間に、持っていかれ……」

「え。……い、いやいや、それなら、すぐ気づいて返してもらっただろ⁉」

本当にごく短い時間だったはずだ。あんな僅かな時間でも、離れては駄目だったというのか。

ざっと顔が青ざめ、だくだくと汗が流れ出る。

「ど、どうしよう……、お、俺のせい……？」

「……いえ……」

恨みも憎しみもない声――同時に、どこか諦めたような声で。付喪神は、言った。

「お気に病まないでください……。姫のもとへ……本当に……行きたかったですが……。あなた様のお優しさに甘え、ご無理をさせるわけには……いきません、ものね……」

「で、でも」

「このまま消えゆくのが、私の運命なのかもしれません……。仕方のない、こと、なのでしょうね……。ただ、姫のことだけは、心残りですが……」

「………」

俺は、びびりだ。

怖いのは大嫌いで、お化けとかそういうのは本当に無理。いつだって情けなく泣いて叫んで、ビクビクと震えてばかり。それが俺だ。

だけど本当は、そんな自分がずっと嫌で。変わりたいと願ったんだ。

――誰かが、助けを求めているときに。

ただ泣いているだけの自分でいて、たまるか。

「仕方なくなんてねえよ！」

茶碗を持って、立ち上がる。

「……三軒、様……？」

「行くぞ」

あやかし達がここへ来てから消していなかった、魔法陣もどきの中に突っ込もうとし——

「駄目だ、三軒」

そんな俺を、湯季先輩が肩を摑んで止めた。

「危険だ。あやかしの世は、俺達には未知の領域なんだぞ。何が起きるかわからない」

その通りだろう。きっと湯季先輩のほうが正しい。勢いだけで未知の世界に飛び込むなんてどうかしている。冷静さも何もあったもんじゃない。馬鹿のやることだ。

そもそも今の俺は、はっきり言ってすぐにでも泣いてしまいそうだし、足はいつものように情けなく震えているし、もう本当逃げたくて逃げたくてどうしようもないし。

——けれど。

「……俺は。びびらず誰かのために動ける奴に、なりたいんです」

きっと俺の立場だったら、笑顔で同じことをしたのであろう、あなたのように。

そんな、心の目標である人の手を振り払い。

未知の世界へと、踏み込んだ。

「……っ」

――ひどい重圧。まず感じたのは、それだ。

ただ普通に立っているだけなのに、全身に石をくくりつけられているかのように体が重い。気を抜いたら空気に押し潰されてしまいそうなほど。呼吸をしているだけで辛く、苦しい。頭はずきんずきんと痛み、腹の底から嘔吐感《おうとかん》が込み上げてくる。

そして、それ以上に。

「こ……怖いいいいいいっ!!」

周囲は真っ暗で、柳《やなぎ》の木に囲まれている。街灯など電気の類は一切なし。代わりに、たくさんの火の玉が空を泳ぐように浮かんでいる。

鬼吏の記憶で見たのと似た光景。風が吹くたび柳が不気味な葉擦れの音を鳴らして、まさにリアルお化け屋敷だ。

ついさっきのかっこつけも、一瞬で吹っ飛んだ。仕方ない。変わりたいと望んでも、人は急には変われない。そんなにうまくいくようなら苦労はない。

「無理無理無理無理無理。怖い怖い恐怖で発狂しそう、ていうかする、ていうか死ぬ。すみません俺の人生はここまでだ――」

「三軒、死んじゃ駄目」

ぺちっと、猫《ねこ》パンチならぬ狸パンチをされる。

「……あれ、玖狸？」

「ん。三軒、心配。だから、追ってきた」

「マジか！　あ、ありがとう……」

「他の皆、今、話し合ってる。連れ戻すべきか、行かせてあげるべきか、いい方法ないか。結論、出るの待ちきれなくて、わたし、一匹そっと抜け出した」

「そ、そうなのか。皆にも感謝しないと……」

「三軒、死んだら駄目。死んだら、わたし、泣く……」

「お、おう、ごめん！　死なない、死なないから」

つぶらな瞳にじわりと涙を浮かべた玖狸を、慌てて撫でる。いつも触っているふわふわな毛の感触で、若干落ち着きが取り戻せた。

「付喪神、無事か？」

どんなに怖くてもこれだけは忘れられないと、しっかり手に持った茶碗を見る。

中にいる付喪神は、ゆっくりと糸が解けてゆくように光を立ち上らせているが、確かに「はい……」と返事をした。少しずつ力を失いつつはあるのだろうが、もう少しなら大丈夫そうだ。

「よし」

心を整えるため、大きく深呼吸。震える足で一歩踏み出す。

「行くぞ」

「……三軒、大丈夫？　すごく、辛そう」

玖狸に案内されながら、姫がいるという川辺を目指して歩く。この時分なら姫は、日課の散策で、いつもそこにいるはずなのだとか。

しかし、行けども行けども柳ばかりで、本当に前に進んでいるのか不安になる。同じところを回り続けているんじゃないかという錯覚。

魔法陣もどきはさっきの場所にしか出せないし、玖狸には姫が鬼吏の前から消えたときのような術を使う力もないから、残念ながら瞬間移動というわけにはいかないらしい。そのためずっと歩いているのだが——歩いているだけでも地獄だ。鉛《なまり》と化した全身は少し動かすだけで痛みを叫ぶ。胃が絞られているような、中のものを全部吐いてしまいそうな気色の悪い感覚。既に息は荒く、流れる汗でシャツが肌に張り付く。玖狸や付喪神は平気そうなので、これは人間である俺だけに与えられる苦痛なんだろう。おまえはこちら側の者ではない、と、見えない誰かに言われ続けているかのようだ。

「……大丈夫だよ、玖狸……」

心配させたくないので口では大丈夫と言いながらも、体力は既に、こちらの世の空気に削られすぎていて、ほぼ気力だけで歩いているようなものだった。

「……わっ」

「三軒……！」

もうあまり力の入らない足は、下り坂になっていたところで、柔らかな草にずるりと滑る。うまくバランスを取り戻すこともできず、脇腹《わきばら》から地に叩きつけられ坂を転げた。

すぐに茶碗と付喪神の無事を確認する。咄嗟に両腕で庇ったおかげで、茶碗は欠けていないし付喪神もまだ消えてはいない。安堵で深く息を吐き出す。が、全身が怠《だる》くて起き上がる気力が湧《わ》いてこない。仰向けに倒れたまま、虚ろに夜空を見つめる。

体が弱ると、心も弱るんだろうか。ぼうっと、頭の中に煙が揺らめくように思考が巡る。

……狐珀と道園さんのように、姫と誠さんのように。俺もいずれ玖狸や、皆と別れるのだろう。

一期一会。同じ時間は二度と繰り返されない。

全てのものは終わるし失われるし消えてゆく。泡沫のように。

別れると決まっているのに、なぜ出会うのか。

別れると決まっているのに、なぜ一緒にいるのか。

「三軒、無理、しないで。三軒が苦しいと、わたしも、苦しい」

「ん……。玖狸、ありがとう」

「お礼、必要ない。だって」

玖狸はそっと俺に触れる。今、確かにここにいる者の温もり。

「わたし、三軒、大好き。だから一緒にいる。それだけ」

別れると決まっているのに。

なぜ、愛しいと思うのか——

「……おい、そこの貴様、何者だ。何をしている」

そこではっと顔を上げ、慌てて立ち上がる。玖狸のものでも、付喪神のものでもない声がしたのだ。

「ふゃ……」

悲鳴を上げたつもりだったが、疲れきっているせいと、呼吸が乱れきっているせいで、空気が抜けるような変な声になった。

下り坂を転げたため、気づけば、火の玉に照らされる緑の向こうに、川が見える場所になっていて——それはいいのだが、問題は目の前に二人、牛のような頭をした大男が立っていること。怖い。怖すぎる。逃げ出したいけど足が動かない。

「この先には、姫がいらっしゃる。ここで何をしていたかは知らんが、今すぐ立ち去れ」

「そう。姫は今、ご自身のみで自由を味わうお時間なのだ。誰も、邪魔することは許されない。もしこの先を行くというのなら、食う」

……あー、そろそろ気合だけじゃ耐えられなくなってきた。疲労と恐怖が蓄積しきって、心臓が限界を超えている。視界が眩《くら》み、倒れそうにふらつく。

「三軒、三軒、死なないで」

「頑張って、ください……姫のところまで、もうすぐ、です……」

玖狸と付喪神がそう言ってくれる。が、付喪神の言葉は、大男二人にとって聞き流せないものだったようだ。

「貴様、姫のところへ行く気か」

「そうはさせん。不審な者は、食う！」

あ、もう無理。

大男に向かってこられ、とうとう俺は気を失――

「しっかりしろ、三軒」

――いそうになったところで。

目を覚ませられるように、暗闇《くらやみ》にばっと光を浴びせられるかのように。強くぐいっと引っ張られ、俺は大男の攻撃をぎりぎり避けることができた。

「え……」

その手と声の主は、玖狸でも付喪神でもなく。

「湯季先輩⁉」

純和風の黒目に黒髪、俺よりやや高い身長。まごうかたなき、湯季千里先輩その人だ。

「な、なんで湯季先輩がここに」

「さあ。細かいことを気にせず、誰かのために動ける奴になりたかったからじゃないか」

返されたのは、俺がここへ来る直前の言葉を真似たような台詞。

限界ギリギリだったところで入った助けに、ぶわっと涙、そして鼻水が溢れる。

「うああありがとうございます助かったあああ」

「泣くな、鬱陶しい」

「あ、へい」

こちらの世界にいる影響で、湯季先輩もさすがに余裕がないようだ。いつもの笑顔はなく、低い声で言われて涙が引っ込んだ。

「いいから、君はとっとと行け」

「え、でもそれじゃ湯季先輩が……」

「俺なら心配ない。あれを見ろ」

湯季先輩が視線で示した先に、俺も目をやる。

「貴様ら、よくも私の夫の後輩に手を出そうとしてくれたな。ただではおかん、覚悟しろ！」

「鬼更!?」

彼女は大男二人を、その剛腕《ごうわん》と術を駆使《くし》し圧倒していた。逃げ惑う大男達を、鬼更が高らかに笑いながら追いかけている。……強い強いとは聞いていたけど、ここまでだったとは予想以上だ。

鬼更以外にも赤太郎や六花、琥珀などもいる。皆、協力しに来てくれたんだろう。

「な。俺達は、大丈夫だから」

ひと息吐き出すと、湯季先輩は、余裕がない中でも俺を励まし、背中を押してくれるように──笑った。

「三軒。君は、君のしたいようにするといい」

「……はい。ありがとうございます」

また泣きそうになったけれど、泣いてばかりはいられない。まだ、やるべきことが残っているのだから。

「行ってきます！」

茶碗を持ったまま、残りの力を全て振り絞るように、駆け出した。


「……見つけた」

柳ばかりの川辺を歩く少女。付喪神の記憶の中で見たものと何一つ変わらない──

成長していない、その姿。

俺の声で振り向いた彼女は、俺の制服……誠さんと同じ制服を見て目を瞠る。

「誰……？　なぜ、人間がここに……」

「すみません。ゆっくり話している余裕はないんで、単刀直入に言います」

姫の前に、茶碗を差し出す。

「これを、あなたに届けに来ました。誠さんが、あなたのために作り、贈るはずだった茶碗です。あの人から、あなたに……どうしても、伝えたい言葉があったんです」

ずっと彼女のもとへ行きたいと願っていた、茶碗の付喪神。姫に見つめられる中、最後の力を出しきるように、告げる。彼からの、言葉を。

「……出会ってくれて、ありがとう……」

目の前の、長い睫毛に縁どられた瞳が、より大きく見開かれた。

今のが、彼がずっと伝えたかった言葉で。

「たとえこの先、再会できなかったとしても。それでも……あなたに会えてよかった。共に過ごせた幸せな時間に、心から感謝しています」

これが、あの場所に茶碗を隠した彼が、伝えたかった言葉。

彼が姫の正体に気づいていたのか、俺にはわからない。

だが彼のほうも、いつかは会えなくなると勘づいていて。それでもなお感謝してい
た。会えなくなった後も、寂しさはあっただろうが——後悔は、なかった。
そして姫がその言葉を聞いた、次の瞬間。
彼女の体から、大量の蝶が舞った。
それは彼女に宿っていた蝶の最期の舞なのだと——蝶想病の終わりを知らせるもの
なのだと、直感でわかった。
無数の蝶は優雅に闇に踊り、燃え尽きるように輝き消えてゆく。
同時に、付喪神の体にも、まるで姫の病が癒えたのを見て満ち足りたように、強く
強く、光が溢れ。
やがて光は弾け消え、付喪神も消えた。
付喪神とは、これでお別れだ。けれど、これは彼の死ではない。
茶碗が姫に使われ、長い年月を経れば、彼は今度こそ、ちゃんとした付喪神として
現れてくれるはず。だって彼の本体は——茶碗は、確かに姫の手の中にあるのだから。
「……姫。俺も、あなたに感謝しています」
こちらの世界に長くいすぎただろうか。視界が霞んできた。
「ありがとう。泡沫亭とあやかしの世を、繋いでくれて」

言いながら、ちらりと玖狸を見る。今や可愛くて仕方がない、大事な友達。

他にも赤太郎、六花、狐珀などなど、皆の顔が、次々と浮かんでくる。

泡沫亭とあやかしの世を、最初に繋いだのは彼女だった。だからこそ、あやかし達は皆、泡沫亭に来られるようになった。

俺も湯季先輩も。彼女のおかげで、皆と会うことができた。

それだけじゃない。泡沫亭の中に二人以下でなければあやかしが見えない、としてくれたことも。その条件は姫の配慮だ。あやかしの存在が大勢の人間に知られて、不要な騒ぎになってしまわないように、との。

彼女は人のこともあやかしのことも、大切に想ってくれている。俺達が繋がる場所を残し、守ろうとしてくれていた。

「俺は、あやかしの皆と過ごす時間が好きです。そしてその時間は、あなたがいなければ、ないものでした」

こんなに情けなくびびりで、泣いて叫んでばかりの俺を、笑って受け入れてくれて。

俺のお茶で、温かい笑顔を見せてくれた皆。

「……いつか、必ず別れるとしても。俺も、後悔したりしない」

これが今の俺の、正直な気持ちだ。

道園さんは以前俺に言った。いつか後悔する日が来ると。笑い合った分だけ泣くことになると。

……道園さんは結果的に狐珀と会って別れを告げたことで気持ちが晴れたんだろう。けど、それまでずっと苦しんだだろうし、この先だって、思い出してはもう会えないことに胸が痛くなる日もあるのかもしれない。

それでも――俺は、決めた。

たとえ悲しむ日が来たって、姫のように、自分は幸せだと言い張って、共に過ごした日々を誇ってみせる。

今は弱くて駄目駄目だって、いつかはそのくらい、強い自分になってみせる。変わってみせる。……だから。

失うと知っていても手を伸ばそう。

離れるとわかっていても寄り添おう。

見えなくて、触れられなくなってしまっても、笑おう。

――別れるとしても、出会おう。

「俺は皆と出会えて、よかったんだ。……だから、本当に、ありがとう」

心からの言葉を伝える。姫はそっと、優しく包み込むように、俺の頰に触れた。

「……私は。人とあやかしは、ずっとは一緒にいられないし、いてはいけない。……それでも、その出会いは無意味なんかじゃないと。尊いものなのだと。……いつか終わってしまうものだからといって、否定なんてしたくなかった」

黒真珠の瞳が潤んでいる。悲しみでも苦しみでも、後悔でもないもので。

「泡沫の幸福であっても、人とあやかしが繋がる場を、完全に消してしまいたくはなかった。人の温かみを、他のあやかし達にも知ってほしかったの。だから泡沫亭にあんな術をかけた」

伏せられる睫毛。今まで抱えていた苦しみを物語る。

「……でも……自分は間違っていないと思いながら、不安もあった。所詮私は自己満足を押し付けているだけなんじゃないか。人とあやかしに、必ず訪れる別れを与えるだけの、酷いことをしているんじゃないかと――」

終わりの決まっている出会い。一瞬にすぎない幸福。そんなの意味がないと、切り捨ててしまえばそれだけのことだから。

でも、切り捨てなんてしないよ。俺も湯季先輩も道園さんも、あやかし達も――誠さんだって、皆。

「……だから、私のほうこそ。……そう言ってくれて、ありがとう……」

彼女の顔から苦しみは消え、眩しいほどの笑顔が浮かぶ。全てを吹っ切って光を受け止める、輝きが溢れる。

そこで、とうとう限界がきた。

ぷつりと糸が音を立てるように。俺の意識が、途切れた。


「三軒、三軒」

暗闇の中で、俺を呼ぶ声が聞こえる。……玖狸の声だ。

「ちょっと、いいかげん起きなよ」

「大丈夫なのか、三軒」

六花や赤太郎など、他の皆の声もする。

「全然起きないねえ。いっそ舐めてみようか」

「コンニャクを顔に乗せてみるとか」

「……納豆《なっとう》……」

「変な起こし方しようとすんなっ」

がばりと跳ね起きる。ただでさえ疲れたっていうのに、変な悪戯をされたんじゃやたまらない。

　どうやら俺は泡沫亭の和室に横になっていたようだ。あやかしの世から帰ってきた記憶はないが、多分玖狸か、湯季先輩と鬼更あたりが俺をこちらまで連れてきてくれたんだろう。ありがたい。

「三軒」

「わぷっ」

　ふかふかなものが顔に貼りつく。玖狸だ。

「三軒、起きた。よかった」

「ああ。心配かけてごめんな、玖狸。皆も」

「まったくだ、心配したぞ！」

「びびりのくせに、無茶するんだから！」

　わっと、あやかし達が寄ってくる。抱きついてきたり、心配させやがってとぺしぺし叩いてきたり。

　そんな中、湯季先輩だけが、静かに俺を見ていた。

「……三軒。もうこんな無茶するなよ」

「そうですね。今回は無茶しすぎました。一生分震えた感じです」

今になってみると信じられない。俺が、この俺が、あやかしの世界に飛び込んでいけたなんて。火事場の馬鹿力というようなやつだろう。もう一度行ってこいと言われたら、土下座して畳を涙と鼻水で濡らし「ご勘弁くださいもう無理でございます」ってやる。

結局、俺はまだそんなに変わってはいないと思う。所詮俺は俺だから。そんなにすぐには変われない。だからこそ、この先も稽古を積む。

なりたい自分になるため。そして、皆においしいお茶を点てるためにも。

「なあ、皆。茶碗については一件落着ってことなんだしさ……」

喉元《のどもと》過ぎれば熱さを忘れる、だ。正直に言えばまだ体がふらつく感じはあるけれど、付喪神の願いを叶えてやれたという感慨や、皆が俺を心配してくれたことへの感謝で気分が高揚していて。俺は、湯季先輩のような上品な笑みではないけれど、俺らしく、にっと笑って提案した。

「皆で、お茶を飲もう」

泡沫亭の茶室。人数分の茶碗から、温かな湯気が上る。

　俺も湯季先輩もまだ疲れがあったので、今日ばかりは二人で水屋でお茶を点ててから、あやかし達のところに運んだ。簡略的なやり方だが、それでも抹茶の爽やかな香りが鼻孔《びこう》をくすぐると、疲れが溶かされてゆく。

「にしても、三軒もやるときゃあ、やるんだな。見直したぜ」

　提灯を揺らしながら目を輝かせる、赤太郎。

「ねえ。初めて会ったとき、あたしらを見て泣き叫んでた、あの三軒が。あのとき、すごい顔してたよねえ」

　長い首をにょろにょろと動かす六花。

「ふふ、そうなんだ。私もちょっと見たかったかも」

「ところで湯季、大活躍した妻に、愛の言葉はないのか？」

　狐珀に鬼更。皆が笑っている。

　茶の湯は一期一会。今この時間は、今だけのもの。

　だからこそ、この出会いに感謝する。——この時間が、なければよかったものだなんて思わない。

　そんなこと、思えるはずもない。

「三軒。お茶、おいしい。いつも、ありがと」

玖狸が笑う。ほわりと、温かな笑顔で。

「そうか。俺のほうこそ、ありがとな」

この時間と、笑顔が。かけがえのないものだから。

「これからも、皆のためにお茶を点てるよ」

〈了〉

参考文献

『茶道文化検定公式テキスト　1級・2級用　茶の湯をまなぶ本』
一般財団法人今日庵　茶道資料館監修（淡交社）
『北見宗幸DVD茶道教室』北見宗幸（山と溪谷社）
『小学館フォトカルチャーはじめての茶の湯』入江宗敬監修・指導（小学館）
『一億人の茶道教養講座』岡本浩一（淡交社）
『利休聞き書き「南方録　覚書」全訳注』筒井紘一（講談社）
『DVDで手ほどき茶道のきほん「美しい作法」と「茶の湯」の楽しみ方』太田達監修（メイツ出版）
『茶の湯と日本文化　飲食・道具・空間・思想から』神津朝夫（淡交社）
『茶道具に親しむ　秘蔵の名品百撰』細川護貞監修・指導（婦人画報社）
『新版・茶道具鑑賞便利帳』黒田宗光（淡交社）

神田夏生　著作リスト

お点前頂戴いたします　泡沫亭あやかし茶の湯（メディアワークス文庫）
狂気の沙汰もアイ次第（電撃文庫）
狂気の沙汰もアイ次第　ループ（同）

本書は書き下ろしです。

◇◇メディアワークス文庫

お点《て》前《まえ》頂《ちょう》戴《だい》いたします

泡沫亭《うたかたてい》あやかし茶《ちゃ》の湯《ゆ》

神《かん》田《だ》夏《なつ》生《み》

2017年11月25日　初版発行

発行者　郡司 聡
発行　株式会社KADOKAWA
〒102-8177　東京都千代田区富士見2-13-3
プロデュース　アスキー・メディアワークス
〒102-8584　東京都千代田区富士見1-8-19
電話03-5216-8399（編集）
電話03-3238-1854（営業）
装丁者　渡辺宏一（有限会社ニイナナニイゴオ）
印刷　株式会社暁印刷
製本　株式会社ビルディング・ブックセンター

ISBN978-4-04-893526-5 C0193

メディアワークス文庫　http://mwbunko.com/
株式会社KADOKAWA　http://www.kadokawa.co.jp/

本書に対するご意見、ご感想をお寄せください。

あて先
〒102-8584　東京都千代田区富士見1-8-19　アスキー・メディアワークス
メディアワークス文庫編集部
「神田夏生先生」係